恐怖箱

彼岸百物語《ひがんひゃくものがたり》

加藤一 編著

高田公太
ねこや堂
神沼三平太 共著

竹書房文庫

※本書に登場する人物名は、様々な事情を考慮してすべて仮名にしてあります。また、作中に登場する体験者の記憶と体験当時の世相を鑑み、極力当時の様相を再現するよう心がけています。現代においては若干耳慣れない言葉・表記が登場する場合がありますが、これらは差別・侮蔑を意図する考えに基づくものではありません。

巻頭言　箱詰め職人からのご挨拶

加藤 一

本書、『恐怖箱 彼岸百物語』は、百話の実話怪談を集めた選集である。

百物語は怪談会の華である。

それぞれが持ち寄った蝋燭《ろうそく》に火を灯し、ひとつ語り終えるたびにそれを吹き消す。宵の口から語り始め、話が進むにつれ吹き消された蝋燭の分だけ部屋が暗くなっていく。興が乗り、取っておきの話を皆が繰り出してくる。怪談なんか特にないよと遠慮がちにしていた友人が「そういえば――」と忘れていた話を思い出す。長い付き合いであり、日頃よく話し、怪異や心霊とはおよそ無縁であるような人物から、思いもよらない――そしておぞましくも奇妙な話が繰り出される。友人のまったく知らない一面に薄ら寒い心地になった頃、百物語はピークを迎える。そうして、明けきる前の一番夜が深くなる頃合いに百話目を語りきり、此岸《しがん》を照らす蝋燭の最後の一本を吹き消す。

気の置けない友人の家で、波の音が気忙しい浜辺で、虫の声音が途絶えた山奥のキャンプ場で、寂れた寺社の墓地に入り込んで、静寂が耳に痛い名うての心霊スポットで。

どうです。百物語のお伴に、この本がお役に立ちますよ。

目次

▲……高田公太
●……ねこや堂
◆……神沼三平太
■……加藤一

御挨拶

経堂君が大学生になって初めて借りたアパートは、大家さんの家の続きに造られた二階建ての物件だった。経堂さんの部屋は二階の一番奥だ。

その夜は何故か朝方まで眠れず、ゴロゴロと寝返りを繰り返していた。

明け方四時半を過ぎた頃に、誰かが階段を上がってくる音が聞こえた。

——新聞配達が来たのかな。

しかし、新聞配達にしてはゆっくりした足音である。

妙だなと思った瞬間、部屋の空気が変わった。誰かが部屋の中に入ってきたのが分かった。

金縛り状態に陥った。身体が動かせない。気ばかりが焦る。

何かが布団の周りをぐるぐると歩きまわり始めた。畳を擦る足音だけが耳に届いてくる。

恐ろしさに脂汗がにじみ出る。

不意に、頭の上で足音が止まった。

気配がゆっくりと近付いてくる。

そして女性の声が聞こえた。

「……お邪魔とは思いますが、これからお世話になります」

か細い声は遠慮がちにそう言った。線の細い気弱そうな美人が頭に浮かんだ。その瞬間、恐ろしさは完全に消え去った。

「どうぞ末永くよろしくお願いいたします――」

経堂さんはその言葉を聞いた後に、安らかな眠りに落ちてしまった。

朝目を覚ますと、枕元に古ぼけたイヤリングが片方置かれていた。

その部屋に住んでいる間、経堂さんは週一回程度の頻度で金縛りに遭っていた。

しかし、全く嫌ではなかった。それどころか金縛りを歓迎していたという。

10

ナイロビジャンパー

ケニアにある一流リゾートホテルの、六階の部屋に泊まったときの話である。

国際会議の準備をしていると、ホテルの窓の外を何か大きなものが垂直によぎる。

最初は大きな鳥が気流に乗って空中を舞っているのだろうと考えていた。

しかし、鳥にしては赤い。朱色に近い赤、そして濃い茶色。

締め切りまではタイトだったが、目の端に入るそれが気になって仕方がない。

——ええい。何が外にいるんだ。

窓に近付き、ジッと見ていると、朱色のマントを身に付けた長身の男が跳ねていた。

自分の泊まっている部屋の階を飛び越しては、また落ちていく。

先程からマサイ族がジャンプしていたのだ。

トランポリンか何かだろうかと、確認をしてみたが、何の仕掛けもなかった。

跳ねていたのは戦士で、片手には槍《やり》。朱色の民族衣装と槍の他に何も身に着けていなかったという。

現代的魔女

友人に日英ハーフの女性がいる。日本語も英語も堪能で、外見はブロンドの美女なのだが、中身はベタベタの関西人である。

彼女の祖母は英国に住んでおり彼女自身も英国に友達がいる。その友人から聞いた話だ。

夜、その友人の父親が道を歩いていると、空を飛ぶ魔女を見た。行きつけのパブでその話を披露すると、スコッチの飲みすぎだろうと信じてもらえなかった。

しかし、数日の間にそのパブの常連の中から何人もの目撃者が出た。

俄《にわか》には信じられない話だが、皆が同じものを見たと口を揃えるので、周囲も信じるほかになかったという。

「その魔女さ、飛ぶときにサイクロン式の掃除機に跨《また》がってたんだって。あの吸引力が変わらないってコピーで有名な奴。――あれさ会社もイギリスだし、魔女も国産品買うんだなって話で落ち着いたらしいよ」

怒られる

もう現役を引退している木暮さんには、歳の離れたタイ人の若い奥さんがいる。

ある年、奥さんのお父さんが亡くなった。彼は小暮さんよりも少し歳上だった。しかし、日本にいた二人は葬儀には出られず、一週間ほど遅れてタイの家に戻った。そこから半日掛けて奥さんの父親の墓参りに出かけた。せっかく日本から来てくれたのだからと、夕方には親戚も集まって会食をすることになった。

無事お墓参りも済ませて会食も終わり、親戚は皆帰っていった。

しかしこの時間からだと、木暮さん夫婦はその日のうちにタイの家に帰り着けるか分からない。木暮さんは年齢が年齢なので、疲労も溜まっている。

お墓の傍には、つい最近まで亡くなったお父さんが住んでいた家がある。鍵は奥さんが持っている。今は誰も住んでおらず、荷物もまだ残ったままだが、そこに泊まれば良いじゃないかという話になった。

その家に行くと電気も生きていた。ベッドもあるし、シーツもある。まだ夜九時を回った頃だったが、二人ともすぐに寝てしまった。

木暮さんは真っ暗な中で身体を揺すり起こされた。奥さんが呼んでいる。

「何だよ。こんな夜遅くに」

「怖い」

何が怖いんだと訊ねると、部屋の電気が点いたり消えたりするのだという。

さっきまで電気が点いていたのだと訴えるが、きっと寝ぼけて怖がっているのだろう。

木暮さんは眠いのと面倒臭いのとで、大丈夫だから寝なさいと言って背を向けた。

夜半に再び起こされた。

今度は奥さんは、電気が点きっぱなしになっていると言って怯えている。

「お前が怖いから自分で点けたんだろ」

「違う」

木暮さんは電気のスイッチの不調も疑ったが、特に不具合はないようだった。

そういえば会食のときに、親戚が何か変なことを言っていたなと思い出した。

お父さんが亡くなった直後に、不思議な現象が色々あったらしい。

ドアが自然に開いたり、その姿を見たという人が出たともいっていた。

奥さんは敬虔な仏教徒である。恐ろしくて仕方がないと言ってお経を唱え始めた。

確かに気持ちが悪いが、疲労が勝っていた。木暮さんは奥さんを残して寝てしまった。

それから何時間経ったか分からない。誰か男性が大きな声で捲《ま》くし立てている。明らかに怒っている声だ。何事かと飛び起きて周りを見回すと、奥さんが泣いていた。

「今、お父さんの声が降ってきた」

落ち着いて話しなさいと伝えると、奥さんは半べそを掻きながら今起きたことを話した。

お父さんの声で、先程のお経について怒られたのだという。

奥さんは目を閉じて、お化けや悪霊は出てくるなと念じながらお経を唱えていた。

すると声が聞こえた。

「お前は身内を妙ちくりんな悪いもの呼ばわりするもんじゃないよ！」

お父さんの声だった。奥さんにとっては嬉しさ半分怖さ半分であった。

翌朝、そのことを親戚に言ったら呆れられた。

「お父さんも会いたくて出てきたのだろう。そりゃ悪霊呼ばわりされるのは心外だよ」

奥さんは、次にお父さんが出てきたら謝ろうと考えた。

木暮さんと二人でもう一晩その家に泊まったが、お父さんは二度と現れなかった。

初めてのお使い

四十年ほど前のフィリピンでの話である。

マリアさんは子供の頃、初めてのお使いで油を買いにいくことになった。

油は量り売りなので、油を入れる皮袋を提げてお店まで歩いていった。往復で十分程の道程である。

無事に油を買えたその帰り道に、通りがかったお墓の横で何やらすごい臭いがした。腐った肉と排泄物をぐちゃぐちゃに混ぜたような、吐き気を催すような臭いである。

そのとき、左からマリアさんの目の前に何かがふわふわと飛んできた。

巨大な藁づとだった。横になった大人ぐらいの大きさである。臭いの元はこれだとすぐに分かった。

藁づとは同じ高さを維持するようにして遠ざかっていく。

子供心にも、こんなに大きいものが飛ぶのだと不思議に思った。それを見えなくなるまで目で追った。臭いが薄れた頃に、やっと足を踏み出すことができた。

家に戻って、母親に油を渡し、今見たものについて報告した。

「今ね、おっきくて藁に包まれたものが飛んでいくの見たんだけど、すっごい臭かったんだよ」

お母さんの顔色が変わった。

それを見たのは何処かと訊かれたので、マリアさんは答えた。

「お墓があるでしょ。あの近くだよ」

「そうなの。分かった。もう一人でお使いはよそうね」

マリアさんが中学生のときに不意にそのことを思い出して、あれは何だったのだろうかと、母親に訊ねた。

「あれはね、戦争しているときに亡くなった方を埋める場所が足りなくなって、でもそのままにしておく訳にはいかないから、御遺体を藁に包んでいたんだよ」

幼いマリアさんはそれを見てしまったのだろうということだった。

ペチコ

日本で暮らしているローザというフィリピン出身の女性から聞いた話である。

以前フィリピンに帰った際に、家に変な人影が出ることに気付いた。それが気持ち悪いので、彼女は知り合いから紹介された霊能者に相談に行った。

粗末な小屋から顔を出したのは普通のおばさんである。

部屋に入るなりローザはこう言われた。

「あんたのことをね、サントニーニョが今話しているからね」

サントニーニョとはキリストがまだ子供の頃の姿を象《かたど》った人形で、セブ島のシンボルでもある。おばさんはその人形の口元に耳を寄せて、何度も頷《うなず》く。

「分かった。ふんふん。……今サントニーニョがあなたのことを話しているからね」

おばさんは人形と会話をしているようだ。ローザが口にするよりも先に相談の内容が分かってしまうらしい。

「うんうん。へぇ——。ええと、あなた。それはね、男と女が一人ずついるけど、あなたのことが好きだからいるだけ。大丈夫よ。悪いことしないから心配しないでいいわ」

お告げの内容に安心して帰ろうとすると、サントニーニョがあなたに話があるらしいと引き留められた。おばさんは人形に耳を付けて相槌を打つように頷いた。

「ええ？　そうなの。それを彼女に言えば良いのね？」

おばさんは首を傾げながらローザに言った。

「あなた、日本にいるときサントニーニョにお願いしたでしょ。ペチコ？　ペチノコ……？　私の知らない言葉だからよく分からないんだけど、何かに勝たせてくれってお願いしたんでしょ？　その後儲けたのにって怒ってるよ。約束したのに何にもくれないって」

フィリピンに帰る数日前のこと、ローザはせっかくの帰郷だというのに、財布の中にお小遣いが一万円しかなかった。これがどうにか増えないかと、パチンコに賭けた。出がけに、今日は勝たせてくださいと、家にあるサントニーニョ像にお願いをした。

勝った暁にはチョコレートをお供えしますから。そう言って出かけた。

その効果か、結局その日は七万円ほど勝つことができた。しかしローザは約束のチョコレートのことは忘れてしまっていた。

「サントニーニョが怒っているから謝んなさい！」

驚いたローザは、帰宅してすぐにチョコレートを供えたという。

狐

とある地方大学のロシア語担当教員のパジトノフ先生から聞いた話である。

ある日、彼は夜遅くまで大学に残って仕事をしていた。

田舎の大学だ。キャンパスは山の中腹にある。民家も殆《ほとん》どないような不便な場所で、周囲の道は夜になると人通りも絶えてしまう。

彼の自宅はその山の中腹の、大学まで徒歩で通える距離にある。夜とは言っても慣れた道程である。街灯が寂しくぽつんぽつんと立っている道を、てくてく歩きながら自宅へ向かっていく。するとバス停の前に一人の老婆が佇んでいた。

もちろん終バスは終わった後だ。こんな時間にこんな場所にこんな老婆が立っているのは、赴任してから今まで見たことがない。

自宅にたどり着くには、バス停を越えていかねばならない。気持ちが悪いなとは思ったが、バス停の老婆はジッと俯《うつむ》いたままだ。もしかしたら気分でも悪いのだろうか。

心配して視線を向けながら歩いていくと、老婆は突然顔を上げてパジトノフ先生を見据えた。老婆の顔がみるみるうちに毛深い狐の顔になった。

驚いたのは先生である。大声を上げながら自宅まで走って帰った。

――今見たものは何だろう。これは日本でいう狐に化かされるという奴に違いない。これからどうすればいいだろうか。

一晩悩んだ結果、パジトノフ先生はロシア正教の教会に電話を掛けて助けを求めた。先生は翌日教会に足を運んだが、ロシア正教が狐を打ち負かすことができたかどうかについては、未だはっきりした結果は出ていない。

虹稲荷

桑田君のお祖父さんは、元々お稲荷様を信奉していた。しかし、身体を悪くして以来、お参りに行く機会が激減してしまった。

お参りに行きたいとは思っても、一度習慣が途切れてしまうと、再開をするのはなかなか腰が重くなる。ましてや病で体力が落ちているのだ。無理からぬことだ。

ある夜、お祖父さんの夢の中に大きな狐が現れた。

狐はお祖父さんに対して、大層怒っているように感じられた。

「私がこれだけ面倒を見てやっているのに、何故お前はお参りに来ないのだ」

はっと目が覚めた。時計を見ると朝の五時である。

夢の中でお稲荷様に怒られてしまったなぁと思いながらカーテンを開けると、ベランダからお稲荷様の方角に、虹色に光る橋が架かっていた。

一刻も早く来いと仰っている。これはいかんと、すぐに家を出てお参りに行ったところ、病も快方に向かった。それ以来、お祖父さんは毎日のお参りを欠かしたことはない。

ご飯ください

鶴間さんが寝ていると、小さなお婆さんが夢枕に立つようになった。

彼女は哀れな声で「ご飯ください」と微かに繰り返す。

一度ではない。週に何度となく同じ夢を見る。

そのお婆さんのことも気になるし、食事を要求するのも気になる。そこで占いをする友人に相談した。

「うーん。あなたの家に庭ってある？」

鶴間さんは実家にならあると答えた。

「庭に樹があると思うんだけど、それが枯れかけてるんじゃないかなぁ」

母親が亡くなってから、実家の庭の手入れを怠っているのは確かだ。鶴間さんは急いで実家に出かけ、庭の様子を確認した。

友人に言われた通り、庭の椿《つばき》が枯れかけていた。

父とも相談し、早速業者を呼んで手入れをした。

それ以来、小さなお婆さんが現れることはなくなった。

金髑髏

鵠沼《くげぬま》さんはコンビニで買い物をした帰りに百円玉を拾った。

ラッキー。拾い上げて何歩か歩くと、今度は五十円玉が落ちていた。そこで周囲を見回すと、他にも硬貨が落ちている。道々拾い集めていくと、五枚、十枚。もう手で持ちきれない。手に提げたコンビニ袋に拾った硬貨を入れることにした。

ありがたいありがたい。硬貨を見かけるたびに拾っていくと、何枚もの硬貨が路面に光っていた。五百円玉百円玉も落ちている。途中で十円以下は拾うのを止めるくらいである。

高額硬貨だけでもコンビニ袋が重くなっていく。

そこでハタと気が付いた。

——これ、誰が何のために小銭を撒いているんだ。

そのとき、前方から微かなチャリン、チャリンという音が聞こえた。

硬貨を撒いている本人だろう。拾った金を返すのはともかく、酔狂な奴の正体くらいは見たい。

そう思って音のするほうへと追い掛けていくと、小柄な男性が足を引き摺るようにして歩いているのが見えた。男性が一歩歩くとチャリン、もう一歩歩くとチャリンと足元から音が響く。間違いない。この男だ。

だが、遠目から見ても、その姿が歪《いびつ》である。

おかしいおかしいと思いながら、その男の様子を窺《うかが》う。街灯の下を通りすぎるのを待って後ろから追い抜こうと思った。

追い抜きざまに横目で男の風態を確認すると、顔がむき出しの髑髏《どくろ》である。

ぎょっとして振り返って確認した。歩いているのは骸骨である。しかしその表面に一杯丸いものがくっついている。硬貨だ。硬貨が束ねられ、服のように貼り付けられている。

髑髏が足を運ぶたびに、全身を覆っているその硬貨が零れて足元に転がり、チャリンチャリンと音を立てる。

鵠沼さんは走って逃げた。

逃げたはいいが、硬貨の詰まったコンビニ袋を家まで持って帰る気にはなれなかった。

そのまま近所の小さな神社に行き、中身全部を賽銭《さいせん》箱に入れて帰った。

花の名前は知らないけれど

希美子さんの買い物帰りでの話である。道端に咲いていた花の色がとても良かったので、しゃがみこんで見とれていた。

そのうちに眠くなり、その場でうつらうつらしてしまった。

「どうだ上手くいっただろう」

「このまま連れていけば、暫くは食いつなげるぞ」

物騒なことを言っている声で目を覚ました。目を開けると木の切り株のような顔をした小人が二人覗き込んでいた。

「何、何、何なのよ！」

慌てて飛び起きると、小人は草むらに紛れ込むようにして姿を消した。

服は乱れていない。荷物も無事だ。スカートに草の汁が付いて染みになっていた。

周囲はもう大分暗い。

——ここ何処？

不安に駆られた。草をかき分けて暫《しばら》く進むと、何処かの河原だということが分かった。

だが、希美子さんには見覚えのない景色である。

携帯を取り出して地図を確認する。俄には信じられない場所にいることが分かった。

自宅から随分遠く離れた場所に来てしまっていた。列車を何本も乗り継がねば帰り着けそうにない。

結局、帰宅したのは終電近くになった。

それ以来、希美子さんはあれほど好きだった花への興味を失ってしまった。

科学の勝利

永山さんの家系は、代々まじない師のようなことをしているのだという。

あるとき近所の子供達とキャンプに行く催し物があった。その道中に道祖神が立っていた。大人の掌より小さい、一見可愛らしいものである。

だが、子供達はその道祖神を見て気持ちが悪いという。確かに永山さんが見ても気持ちが良いものではなかった。背後に何か悪霊のようなものが付いているのが見て取れた。

キャンプから帰ってきて解散するときに、子供の一人がリュックサックからその道祖神を取り出した。目を盗んで持ってきてしまったのである。

子供はその道祖神を永山さんに押し付けた。

道祖神には非常に悪いものが憑いているようで、それが恨みがましい声で語りかけてくる。

お前達を呪い殺してやるというようなことも繰り返す。普通の人には聞こえない声だが、永山さんには聞こえる。親や兄弟も同じような能力を持っている。訊いてみると、やはり恨みがましい声が聞こえるとのことだった。

「うるさいなこいつ」

兄弟の一人がぼそりと言った。

そういえば叔父さんが近くの山に砕石場を持っている。叔父さんに言って、この道祖神を砕石機に突っ込んで粉々にしてやろうぜ、という話になった。

道祖神を持って砕石場に行き、叔父さんに相談した。

「よし分かった」

叔父さんは慣れた手つきで砕石機のエンジンを掛けた。

「よし、突っ込んでいいぞ」

道祖神は、相変わらずお前達を呪ってやると恨みがましい声を上げている。

しかし、永山さんが砕石機に道祖神を放り込んだ直後に、砕け散る音とともに声は静かになった。

科学的対処

某二等陸尉によれば、北海道のとある自衛隊駐屯地では何故か隊舎の一階が使われていなかった。

「昔は使ってたんです。ただ……」

以前から、「霊が出る」というまことしやかな噂があった。

そして、実際に「出た。見た」という騒動が起きた。

曰く、隊舎の廊下を子供が彷徨《うろつ》く。

曰く、トイレで用足しをしていると子供が覗く。

曰く、ベッドで寝ていると子供が毛布の中に潜り込んでくる。

こうした出来事は、日々報告されることとなった。遭遇例は枚挙に暇《いとま》がない。

物理的な剛を誇る歴戦の自衛官とはいえ、諭せぬ、叱れぬ、触れぬ、となるとどうにもできない。交渉ができる訳でなし、幽霊の要求も分からない。

手を拱《こまね》いているうちに目撃者体験者が続出し、薄気味悪がった隊員が次々に除隊したいと申し出た。

これでは部隊が維持できなくなってしまうということで、仕方なく当時の連隊長以下、部隊黙認の上で隊舎の一階は事実上の閉鎖状態になった。

閉鎖後も、隊舎一階での子供の目撃報告が絶えず、必要最低限の用事があるとき以外は近寄らないというのが、連隊の不文律となった。

先頃、連隊長が交代した。やってきた新任の連隊長は、先任士官に「何故隊舎の一階が閉鎖されているのか」と訊ねた。

先任士官や隊員達に代々伝わる申し開きを聞いて、連隊長は「何と非科学的な！　諸君はそんな迷信を信じておるのか！」と気色ばんだ。

自衛隊に限らないが、こうした組織では経験則と前例を重んじる。「見た、出た」という目撃報告そのものは未だ続いていたため、隊舎一階の利用再開について隊員達の腰は重かった。

「よし分かった。だったら、お祓いをすればよろしい」

連隊長の号令一下、部隊を上げてのお祓いが行われた。自衛隊では戦車や戦闘機など新しい装備品が納入されるときや、設備の新築に伴う地鎮祭などで神主が立ち会って御祈祷《きとう》が行われることがあるが、お祓いなどは初めてだ。それでも当日は火急の用事のない隊員全てが集められ、「お願いですからもう出ないでください」と頭を垂れた。

あっけないもので、お祓いをしたらあれだけ目撃報告の続いていた幽霊はさっぱりと現れなくなった。

「見ろ！　幽霊など出なくなっただろう！　全く非科学的なものを信じおって！」

連隊長は得意満面に言った。

隊員の多くは「その非科学的な幽霊を退治するのに、非科学的なお祓いを命じたのは誰なんだ！」と口から出そうになったが、隊の今後の規律を考えてその言葉を飲みこんだ。

禁足の山

瞳さんは東京生まれ東京育ちだが、両親が広島県の山あいの集落の出ということもあり、毎年夏になるとそこに帰省して長期滞在するのが恒例だった。

その集落の周囲は見渡す限り山である。そんな土地であるから子供の遊び場も山だ。瞳さんも毎年地元の子供に交じって朝から夕方まで近くの山を走り回って遊んでいた。

そんな中で一つだけ、入ってはいけないと言われている山があった。大人が言うには野犬がねぐらにしているという理由だった。

小学校二年生の夏のことである。例年のように両親とともに帰省した。

そんなある日、「今日は一人で遊びにいってもいいよ」と言われたので、祖父母の家の飼い犬と一緒に散歩に出た。山のほうに向かっていくと突如犬が駆け出した。

犬の向かう先は、例の入ってはいけない山だった。瞳さんは日頃からこの山に行ってみたかったこともあり、都合のいい言い訳ができたと考えた。

だが、犬を追って山へ入ったものの、すぐに犬も帰り道も見失ってしまった。

瞳さんが山の奥へと進んでいくと、視界はあっという間に濃霧に覆われ、雨まで降りだした。慌てて引き返そうにも完全に道に迷ってしまっている。

記憶を頼りに来た道を戻っていたつもりが、霧の中から見たこともない石段が現れた。来たときに見かけた覚えはなかった。しかし石段があるということは、上には人が作ったものがあるはずだ。そう考えた瞳さんは石段を駆け上がった。

石段の上には朽ちたお社があった。辺りに人の気配はない。雨が止むまでここで休もうと、彼女はお社に入って座り込んだ。雨をしのげる場所に着いたという安心感と疲労で眠気に襲われてしまった。

うとうとしていると、遠くから「おーい、おーい」と誰かが呼ぶ声が聞こえた。

自分を探しているのではと、慌ててお社から出ても誰もいない。しかし声は聞こえる。

石段を駆け下りてみても誰もいない。近くをうろうろしても人の姿は見えず、犬笛を吹いても犬は戻ってこない。心細さと寂しさで、彼女はその場に蹲《うずくま》って泣きだした。

すると「あれ、瞳さんじゃないか」という女性の声がした。

顔を上げると霧の向こうに人の姿がぼんやり見えた。「こんなところでどうした」と優しく声を掛けてくれた。集落に住んでいる山下さんというおばあちゃんの声だった。

瞳さんは犬を追い掛けて迷ったことを伝えたところ、「じゃあばあちゃんに付いてきんさい」と、人影がすたすた先導するように歩きだした。

瞳さんは慌ててその影を追い掛けたが、一向に追い付けない。だが山を下っていることは分かった。このまま山を下りて舗装路に出るつもりなのだろう。

そう考えた直後、急に足元の地面が消えた。瞳さんは全身を打ち、そのまま草の中に転がった。どうやら大人の背の高さ以上ある崖から転落したらしい。

瞳さんはそのまま気絶してしまった。

次に気付くと犬が自分の顔をぺろぺろ舐めていた。周囲を見回すと普段使っている集落の、舗装路の脇に倒れ込んでいるようだった。打ち身と擦り傷で身体中が痛んだ。

途方に暮れていると、祖父の軽トラが走ってきて瞳さんの脇で停まった。祖父は運転席から降りて周囲を見渡した。すぐに瞳さんを見つけ、慌てて病院に連れていった。

帰宅後、家族にどうして怪我をしたのかを訊ねられた。瞳さんは犬を探しに山に入って迷った——と、自分の体験を伝えた。途中で山下さんのおばあちゃんが声を掛けてくれたこと、着いていったら崖から落ちたことを伝えたところ、家族は皆黙り込んでしまった。

昔、山には石段もお社もあったが、今はなくなっている。

おまけに山下のおばあちゃんは二カ月前に亡くなっていたからだ。

それ以降、瞳さんが山に入ることはなかったが、高校生になった時に、再びあの山に探索へ出かけた。しかし、どんなに探しても石段もお社も見つけることはできなかった。

くいくい

岡山での話である。一人の男性が山奥の村に至る一本道をふらふらと歩いていた。だが、途中で茂みに入ったり、木の切り株を回ったり、その場で立ち止まったりと、奇妙な行動を取る。その男性の後ろを歩いていた足柄さんは、最初は酔っ払っているのかと思っていたが、それにしても度が過ぎている。そこで暫く観察することにした。足柄さんはこの道に沿って、ずっと男性の後ろを歩いていかねば自分の村にたどり着けないのだ。

そのとき、足柄さんは、少し小高い丘に狐が座っているのに気が付いた。狐は男性が何歩か歩くと、犬が「お手」をするように前足を上げ、それをくいくいと動かす。すると男性がふらふらと道を外れる。そしてまた何歩か歩くと、上げた前足をくいくいと動かす。

この道には性悪な狐がいて人々を化かすという話は聞いていた。

足柄さんは男性に近寄り、頬を張った。焦点の合わない目で男性は言った。

「あそこのお嬢さんが呼んどんねん……」

完全に化かされている。足柄さんが何度も強く頬を張ると、男性は正気に戻った。

そのときには、狐は何処かへと去った後だった。

顔橋

戦後まだ十年と経っていない頃の話だという。

河原さんは弟と二人で山に遊びに行って、迷子になった。よく知った山だったが何故か帰れなかった。弟が眠たそうにしていたので、おんぶして歩いた。

すぐに日が沈み、周囲は真っ暗になった。木の枝の隙間から星が見えるが、足元まで照らしてくれる訳ではない。

ずっと向こうに火が見えたので引き寄せられるように歩いていくと、火の傍に人間より大きな毛むくじゃらの男がいた。毛に隠れて顔は見えなかった。

そいつは河原さんのことを一瞥《いちべつ》して言った。

「ここは人間が来るところではないぞ。もし戻りたいなら、お前か、背中に背負っているほうのどちらかを置いていけ」

そうしたら戻してやる。

河原さんはきっぱり〈嫌だ〉と答えた。どちらもここに残るつもりはない。

弟と一緒に帰るのだ。兄としての責任感とでもいうのだろうか。怖さはあったが、弟を護らねばならないという気持ちで一杯だった。

「そうか。断るならこの道の上を踏み外さずにまっすぐ行け」

見ると、地面に人の顔がぼこぼこ連なっている。まるで顔で橋を作っているようだった。

靴を脱いで裸足になった。弟を背負ったまま、河原さんは最初の顔を踏んだ。

ひんやりとして柔らかかった。慎重に歩こうとすると、踏んでいる顔の主と目が合った。

慌てて次の一歩を踏み出そうとすると、掛けた体重で酷く表情が崩れた。

顔を踏むたびに足の裏から体温が奪われていく。

何でこんなに冷たいのだろう。もしかしたら死んだ人の顔なのかもしれない。

そんなことを考えながらまっすぐに歩いていく。

ああ、あと一歩。もう一歩でこの道が終わる。足を踏み出した河原さんは、気が緩んだのか、最後に控えていた顔の口中につま先を突っ込んでしまった。

バランスが崩れる。

いけない！

片手を前に突き出した途端に、弟が背中からずり落ちた。

顎を地面に打ち付けた。痛みを堪えて起き上がると、そこは見知った山の麓《ふもと》の道だった。

気付くと弟がいなくなっていた。呼べど叫べど姿を現さない。

いや、そもそもあの橋を渡っている間じゅう、弟は意識がなかったのか。

とぼとぼと山から下りると、弟は既に家に戻っていた。

弟の無事にはホッとしたが、河原さんは両親にこっぴどく叱られた。二人の言うことには、弟を放っておいて今まで何処をほっつき歩いていたのかということだった。

しかも弟本人はそもそも山に行っていないと言う。

疲労もあったのだろう。河原さんは、両親からの説教の最中にそのまま意識を失った。


はっと気付くと父親が自分の顔を覗いていた。河原さんは意識が戻らないまま一週間も高熱を出し続けて、生死の境を彷徨《さまよ》っていたのだ。

しかし、河原さんが意識を取り戻してからというもの、家の中の様子がおかしい。母の姿が見えないのだ。父親に母はどうしたのかと問うと、弟を連れて出て行ったと言う。

余りのことに頭の中が真っ白になった。


後年、河原さんの父親は、あの日の翌朝弟が急死していたこと、それが原因で母親が正気を失い、病院に入っていたこと、母親はもう亡くなっていることを告白した。

そしてその告白の直後、父親は容体が急変して亡くなってしまった。

牛

免許を取ったので、友人を乗せてドライブに出かけることにした。

ちょっとスピードも出したいので、有料自動車道に入った。

夜の田舎である。殆ど車は通っていない。誰にも邪魔されずに車を飛ばしていると気持ちが良かった。星空に繋がっていくような感覚だ。

調子よく走っていると対面通行になった。中央分離帯がポールで区切られている。

そのとき、反対車線のずっと先のほうに何かがいるのに気付いた。

黒い影が次第に大きくなって近付いてくる。ハイビームにすると蹄《ひづめ》の付いた脚が四本。

見上げるような大きさの牛だった。十トントラックほどもある。

驚いて声を上げると、助手席の友人も目を覚まし、牛！　牛！　と指さした。

「あ、本当だ！　牛だ！」

後部座席の友人も声を上げた。その直後にすれ違い、牛は背後へ流れていった。

暫く誰も口を利かなかったが、助手席の友人が呟くように言った。

「あれさ、サーロイン何キロくらい取れるんだろう」

ない

まだ、夜と呼べるほど暗くはなかった。

家に帰る途中、病院沿いの道を歩いていると、前方にこちらに向かってくる一組のカップルが見えた。

そして、カップルとすれ違う。

男の影が病院の塀にくっきりと映っている。

男の半歩後ろを歩む女の影はない。

光の加減だろうか。

怪しみ、即座に振り向くと。

カップルの姿は既にない。

曲がり角も、家もない道だというのに。

弟もいるのに

ゆかりさんが小学校一年生のときの話である。小学校の創立記念日に校庭開放があった。校庭で隠れんぼをしていると、見知らぬ子がやってきた。

最初は女の子一人だと思っていたが、幼い男の子の手を繋いでいる。

仲間に入れてと言われたが、隠れんぼの最中である。

皆に聞いてみないと——ゆかりさんは隠れた友達を探して遠くを眺めながら言った。

女の子は小さく「はぁーい」と返事をした。ゆかりさんは気持ちの悪い声だなと思った。

「この子達も入れてほしいんだって」

「誰？　どの子？」

その子は何人かには見えていなかった。見える子と見えない子が半々。ここにいるよと指を指しても分からない。女の子のほうは見えるけど、弟のほうが見えないという子もいた。

だが、その場で仲間に入れて遊ぶことになり、小一時間校庭で遊んだ。

日が傾き、一人また一人と家に帰っていく。ゆかりさんも帰ろうと校門に向かって歩きだした。すると、その子達も付いてきた。帰る方向が一緒なのだろう。

しかし、道々名前や家の場所を訊ねても、二人は答えなかった。

この日を境に、毎日のようにその姉弟と会うようになった。下校中にいつの間にか現れて付いてくるのだ。手を繋いだ弟も一緒である。

あるとき、その子が今度の休みのときに遊ぼうと話しかけてきた。

別に断る理由もない。待ち合わせの時間と場所を決め、その後に校庭で遊ぼうと決めた。

しかしその日、ゆかりさんが待ち合わせの場所で待っていても彼女は来なかった。

仕方がないので一旦家に帰り、一人でビーズ遊びをしていた。

一時間ほど過ぎただろうか。道路から「ゆかりちゃん、遊ぼ！」と声がした。

母親が、ちょっと待ってねと声を掛けた。しかしその声を無視するように、執拗《しつよう》にゆかりさんの名前を呼び続ける。

「外にいる子、友達なの？」

「名前は知らないけど、最近よく会うの。家も教えてないのに何故か来ちゃったみたい」

そう伝えると、怪訝《けげん》そうな顔をした母親から、今日は断ってきなさいと言われた。

外に出ると、その子にいきなり抱きつかれた。髪の毛が焦げ臭かった。

「ごめんね、今日はお母さんが遊べないって――」

そう伝えると、耳元で「何で遊んでくれないの、弟もいるのに」と囁《ささや》き声がした。

そのままその子は消えてしまった。ゆかりさんの記憶はそこで途切れている。


なかなか帰ってこないゆかりさんを探しに祖母が庭に出ると、ゆかりさんは庭の灯篭の下に倒れていた。頭を強くぶつけたようで、額が切れて血が滲《にじ》んでいた。

その後、母親が何処の子かを調べても、学区には該当する子供はいなかった。

ある日、井戸端会議でその子の話が出た。すると、何人かから同じような話が出た。

「前も似たような話があったのよ。煤だらけの子でしょ？　その子にトイレに連れていかれて、給水タンクに頭ぶつけて倒れた子が三年生にいるわよ。他にも何人かそうやって頭をぶつけた子がいるけど――でもいつも何処の子か分からないの」


噂では、もう十年以上前に、火事で幼い子供が亡くなっている家があるという。

二人はそこの子達だと言われている。しかし、それは大分昔のことだし、家も壊されてもう存在しない。だから、本当に二人がそこの子なのかは分からない。

44 土下座男

池袋の怪談について話をしていると、ツイッターでこんな話が飛び込んできた。

「生身の人かもしれませんが、夜、ビルに向かって土下座（?）している人は見たことがあります。街灯の光があまり届かない、アニメショップのある通り側でした。ビルに向かって右端の辺り。十年くらい前でしたが。土下座というかひれ伏しているみたいな」

この話を聞いた翌日、池田さんという学生からも、以下のような体験談を教えてもらった。


そのアニメショップの向かいには、通りを挟んで東池袋中央公園という公園がある。

そこでは週末にコスプレイベントが開催されることもある。ある週末、池田さんの友人もその公園でコスプレをしていた。日が落ちても公園で仲間達と趣味の話で盛り上がった。

そのとき仲間の一人が声を上げた。

「あれ、何？　何かの記念碑？」

「イレーヒだって」

「え、何の？」

彼女達は、その公園が巣鴨拘置所だったことを知らない。

話題の記念碑のようなものは、巣鴨プリズンの処刑場跡に建てられた慰霊碑だ。

巣鴨プリズンの跡地は、サンシャインシティとして再開発されたが、処刑場近辺だけはついに建物が建てられなかった。そこが東池袋中央公園となっているのだ。

「ねえ、あそこで誰か土下座してない？」

〈永久平和を願って〉と書かれた石碑に対して真正面から土下座している人影がいた。

一人が言い出すと、何人かが、

「うん。いるいる。何あれ」

と言い出した。だがそれは全員に見えている訳ではなかった。


友人からそんな話を聞いた翌週、〈土下座男〉のことが気になった池田さんは、友人と連れ立って東池袋中央公園を訪れた。

池田さんは所謂《いわゆる》視える人なので、公園に足を踏み入れるなり数人の「此《こ》の世ならざる人たち」がぼんやりと立ち尽くしているのが見えた。

――ああ、ここはやっぱり多いんだなぁ。

噂通りだということを確認し、さて帰ろうかというときになって、友人がトイレに行きたいと言い出した。トイレは公園の端にある。待っていると、彼女はすぐに戻ってきた。

「ちょっと来て」

「どうしたの？」

「ドアが閉まらないんだよね」

二人で連れ立って女子トイレに行った。

女子トイレに足を踏み入れて納得した。

内側に開くドアと壁との隙間に、土下座している男がいた。昔の映画に出てくるような、カーキ色の囚人服を着ていた。固まっているかのように動かない。

こいつが噂の土下座男か。

「別のトイレ行ったほうがいいよ」

「やっぱり何かいたの？」

「まぁね」

サンシャインシティ地下の専門店街で買い物をし、帰りがけに再び公園の女子トイレを覗いた。しかし、土下座男はいなくなっていた。

――移動してるんだ。

もうあの公園には行かないと思います――池田さんはそう締めくくった。

渦

小学生の頃のこと。
帰り道にある空地の地面から、黒い煙が上がっていた。
近付いてみるとそれは夥《おびただ》しい蝙蝠《こうもり》の群れで、渦を巻きながら真上に長く伸びている。
穴も何もない地面の一点から、湧き出すように飛び出しては渦を巻く。
毎日そうやって同じ場所で渦を巻いているので、虫取り網を振り回してみた。
上手い具合に一匹叩き落とすことに成功。
裏返して翼を広げてみたところ、白黒の水玉模様だった。
そのまま放置して帰ったが、翌日には影も形もなかった。
あの黒い煙のような渦も、それから一度も見ていない。

強い雨の日

その日は強い雨が降っていた。

仁さんの住むアパートは二階建てである。仁さんは雨の中をびしょ濡れになって帰宅すると、滑りやすくなったアパートの階段を上っていった。

二階の共用廊下が水浸しだった。排水パイプから雨水が溢れているのだろう。

ゴミか落ち葉か何かが溜まっているのかもしれない。

——大家に言うまでもないかな。

詰まっているのは泥かもしれないしゴミかもしれないが、とにかく押してみれば水も流れるだろう。

パイプの口に箒《ほうき》の柄の部分を突っ込んだ。

ぐっと押すと何かが詰まっている感触があった。

腕に力を入れて押し込んだ。

——何だこの感触。

えらく肉々しい弾力があった。生肉を押したような感触だ。

気持ちが悪い。背筋がぞわっとした。

箒の柄を引き抜いた。

パイプに音を立てて水が流れ込み始めた。ぼこぼこと泡が吹き上がった。

一体何が詰まっていたんだろう。

パイプの出口を確認しに、一目散に一階に下りた。

下水溝に向けて水を吐き出している排水口から、赤黒い肉塊が流れ出ていた。そこには生き物の眼球らしきものが付いていた。人間の歯のようなものが付いた穴も開いていた。

仁さんは吐き気を堪えた。

肉塊はひときわ強く降る雨に流され、そのまま下水溝に落ちて消えてしまった。

50

たぶんコンソメ味

眠巣《ねむれす》君は、やりかけの仕事を片付けて、そろそろ布団を敷こうかなと思っていた。
部屋の中をうろうろしていたところ、不意に頭の上に何かが落ちてきた。
――うはっ。虫かよ！
思わず払いのけたそれは、ポテチのかけらだった。
電灯の笠は、大分遠いところにある。
風もない。
窓も閉まっている。
そもそも、ここ暫く部屋でポテチは食べていない。
首を捻りつつ、ポテチは窓の外に捨てた。
何味だったのかは分からない。

ひゅーんパチン

　友人のヒロ君が住む五階建てのマンション。そこにある駐車場の床は、コンクリートで覆われており、表面には満遍《まんべん》なく小さな丸い穴が穿《うが》たれている。

　しかし、その穴は滑り止めの加工ではない。ある日突然、駐車場の床にパチンコ玉程度の直径の小さな丸い穴が開くのだ。真球を粘土にぎゅっと押し付けて型でも取ったような綺麗《きれい》な穴の開き方である。

　ヒロ君の隣に住む奥さんも、穴の穿たれる現場に遭遇したことがある。ひゅーんという音が降ってきて、足元でパチンと弾けたのだという。

　上層階の住人にはそんな物騒なことをする人間はいない。人に当たったら大ごとだ。

　駐車場の施工をした工務店に訊くと、五階程度の高さから落ちたパチンコ玉では、コンクリに穴が開く訳がないと否定する。

　しかも衝撃で穴が開くのならば破片も出るはずだが、それも発見されたことがない。

　管理組合はパチンコ玉だと主張していたが、今に至るまで一個たりとてパチンコ玉が落ちていたことはない。

この辺りで

キツネ、と呼ばれていたそうだ。

何の特徴もない、ごくごく普通の住宅街に白石一家は住んでいた。

「お父さん、またあの子いたよ」

「ああ……もう、いいよ。パパに教えてくれなくても」

七歳の娘がまめに報告するのは〈見知らぬ大人が、とある女の子の手を引いて歩いていた〉というエピソードだ。

白石は事情を全て分かっている。

というのも、まだ娘が生まれる前に一度、その女の子の手を引いたことがあったからだ。

泣いている彼女に白石は「迷子かい？」と声を掛けた。彼女は「うん」と頷き、小さな手を差し出した。

その手を握ると、まるで溶けた石けんのようにブヨブヨとした触感があった。

大きな手が、小さな手を握り潰してしまいそうになる。

子供の手は、こんなにも柔らかいものか。

その子の顔を見ると、泣き顔は何処かへ行き、代わりにあったのは無の表情だった。

そこから暫くの記憶はない。

気が付くと、自宅の前に立っていた。

「ああ。この辺りはたまにあるのよ。怪我をしたとか病気になったとかは聞いたことはないけど気味が悪いでしょう、気を付けてください」

妻が井戸端会議でそう言われた。

今も通りすがりの〈この辺り〉に住んでいない者が、頻繁に女の子に引っ掛かる。

字余り

道でがま口の小銭入れを拾った。

中には千円札が数枚と小銭が幾らかあった。

それと、二つ折りのレシート。

レシートの裏には、

〈辞世の句〉

と書かれていた。

しかし、句自体はそこに書かれていなかった。

交番に届けると、警察官が改めて小銭入れの中にあるモノを確かめた。

千円札、小銭、レシート。

「おや」

警察官がレシートの裏側を見て、首を傾げた。

「これ、何でしょうね」

「辞世の句、って書いてませんか？」

「いえ」

警察官が差し出したレシートの裏には、小さな字で、

〈ありがとうありがとうありがとうありがとうありがとうありがとうありがとうありがとうありがとうありがとうありがとう……〉

と、びっしり書かれていた。

ぺったんこ

由木さんが中学校からの帰りに自転車を漕《こ》いでいたときの話である。

歩道の段差に前輪を取られ、車道へと放り出されてしまった。その道は通行量も多い。

このまま車に轢《ひ》かれて死ぬのかと覚悟して目を瞑《つぶ》った。

車の音が自分の上を通り抜けていく。

二台。三台。ブレーキを掛ける気配もない。

何だ。何事が起きているのかと薄目を開けて確認すると、自分の体がぺったんこになって地面に貼り付いているようだった。

車道に放り出された瞬間に、大変なことになっている。

何分そのまま張り付いていたか分からないが、偶然車通りが途切れた。

慌てて飛び起きて、歩道に戻った。

倒れていたはずの自転車は起こされて歩道の脇に置かれていた。

自分の着ていたポロシャツの背中には何本ものタイヤの跡が残っていた。

尺取虫

大泉さんはシステムエンジニアで、夜は帰宅が遅くなることが多かった。その夜も終電間際まで仕事をして、急いで会社を出たが結局終電には間に合わなかった。

仕方がない。タクシーでも拾おうかなときょろきょろしていると、人混みの中に直立不動の中年男性がいた。

朝礼などならともかく、往来で直立不動の人というのは大変目立つ。

一体このおじさんはどうするつもりなのかと見ていると、男性はお辞儀を始めた。別段彼の前に誰かがいる訳ではない。しかし、男性はぐーっと深く深くお辞儀をし、ついにはそのままぱたりと顔から地面に倒れ込んだ。

地面にべったりとうつ伏せに倒れた男性は、両手を身体の横に揃えたままである。地面の上で直立不動という状態だ。

このおっさん大丈夫かなと見ていると、突然男性の尻が持ち上がった。顔とつま先で全身を支え、腹筋の力でつま先を顔のほうに引きつけていく。

足が垂直に近くなったところで、男性はぴょこんと立ち上がった。こうして彼は、元の場所から一メートルほど前進した。

——このおっさん相当頭おかしいな。

大泉さんはそう思ったが、恐らくパフォーマーの一種なのだろうと、男性の動向を見守ることにした。

終電を逃しているため、帰ろうと思っても帰れないのだ。時間だけはある。

男性は先程の動作を繰り返し、尺取虫のように進んでいく。

ダンサー並みの筋力がないとこれを何度も繰り返すのは無理だろう。そう思えば感嘆するしかない。

中年男性は相変わらず手も使わずに尺取虫のような運動を続けながら、まっすぐに進んでいく。しかし、そのまま進むと、ビルの壁にぶつかってしまう。

大泉さんは興味を持った。壁にぶつかったらこのおっさんはどちらに避けるのだろう。

他愛のない好奇心である。

中年男性は壁にたどり着くと、そのまま尺取虫のような動きでまっすぐ垂直な壁を登り始めた。

両腕も両足も終始揃えたままであったという。

穴埋め放送

昭和の話である。

石岡さんは夜中にテレビを点けたまま寝てしまった。

その当時は、放送終了後に試験電波の映像以外に、自動車道路の映像をひたすら流し続けるという番組があった。このような放送をフィラーという。所謂穴埋め放送の類だ。

そのときは都内の高速道路らしき映像が流れ続けていた。定点カメラの映像である。

石岡さんはテレビを切って寝ようと起き上がった。リモコンも付いていないテレビである。電源を切ろうとテレビに近寄っていくうちに、石岡さんは不自然なものを見ている気分になった。

何かがおかしい。しかし、何がおかしいのかよく分からない。気になる。

三十秒ほど画面を観ていただろうか。石岡さんは違和感の原因に気が付いた。

中央分離帯に人が歩いていた。映っているのは高速道路である。歩行者の立ち入りは禁止されている。

よく見ると女性らしい。こいつ自殺志願者か何かか？　そう思って画面を見ていると、次第にカメラに近付いてきているような気がしてきた。カメラがズームしている訳でもないのに、女性の姿が画面の中で大きくなってきている。

気のせいかもしれないが気持ちが悪い。石岡さんは電源ボタンを押した。

普通ならパチンと音がしてブラウン管が暗くなるところが、何度電源ボタンを押しても画面が切り替わらない。

焦っていると画面内の定点カメラが切り替わった。今度は住宅街の道になっている。

繁華街や高速道路を俯瞰《ふかん》で映す映像は過去にも観たことがあるが、住宅街は初めてだった。ここは何処だろうと思って観ていると、すぐに気が付いた。

……あ、うちのアパートの近くだ。

え、これは今ライブで撮ってるってこと？　何の変哲もない住宅街だろ。そんなことってテレビがやるのか？

その道を、髪の長いシルエットがこちらに向かって近付いてくる。

あいつだ。

何度電源を切ろうとしても画面が消えない。

女が自分の住んでいるアパートに向かってきている。それを誰かがずっと撮っている。

どんどん近付いてきている。もうアパートの前だ。

コンセントからテレビのプラグを引っこ抜くと、やっと画面が消えた。そのときだ。

ピンポーン。

ピンポーン。ピンポーン。ピンポーン。ピンポーン。

チャイムの音と共に、アパートのドアの外から「開けてください」という女性の声が聞こえた。

開けてください。

いるんでしょ？　開けてください。いるんですよね？

コンコンコンコン。響くノックの音。繰り替えされるチャイムの音。

石岡さんは意識が遠のき、そのまま居間で朝を迎えた。


目を覚ましたときには昨晩のことは夢かと思った。いや、夢だったということにしておこう。そう思って新聞を取りに玄関のドアに向かった。

新聞受けにはいつもと同様に新聞が差し込まれていた。新聞受けの扉を開けて新聞を引き抜こうとすると、何か別のものが一緒に入っているのに気付いた。

長い髪の毛の塊だった。

第三

美智子、恵三夫婦の間には、剛という一人息子がいる。

剛が三歳になった頃から、それは現れるようになった。

「美智子……まただよ」

「あ。あら。またね……」

床に座って、玩具を弄ぶ剛の背中から、一本の腕が生えている。

白く、細い腕。

腕はピンと上に伸び、先端の五指もまた、行儀良い挙手の如く隙間なく張っている。

何をきっかけにか腕が伸び、何をきっかけにか腕は消える。

「親父、この腕、いつまで出てくるのかな。営業先でも言われちゃったよ」

剛はもう三十四歳だ。

二度、お祓いをしたが効果はなかったそうだ。

走手

東北本線にある餃子で有名な街の、駅前での出来事である。

薫さんが駅前ターミナルを友人と二人で歩いていると、目の端に何かがいることに気が付いた。振り返ると、肘から先の腕が落ちていた。すわ事件や事故かとも思ったが、薫さんは「あちら側のもの」であろうと直感した。彼女にはそれがわかるのだ。

その一瞬のことではあったが、「腕と目が合ってしまった」感覚を覚えた。

直後、腕は突然、指でひょこりと立ち上がった。それを見た薫さんは、一緒にいた友人に一言「走るよ」と声を掛け、そのまま全力で駅ビルに向かって駆け出した。

腕は器用に指で地面を蹴り、二人に負けない速度で追い掛けてくる。

走る二人。追う腕。追い付かれそうになりながらも二人は駅ビルにたどり着いた。

薫さんは駅ビルのガラス扉を開けて中に入ると、勢いよく扉を閉めた。

二人に飛びかかろうとしていた腕は、宙を舞い、そのままガラス扉に激突した。

それは当たった後ガラス扉からずり落ち、肘の部分で床に直立した。

そして二人に向かってバイバイと手を振り、しょんぼりと立ち去っていったという。

白い手

吉田さんが以前勤めていた会社は仕事が大変キツかったという。

毎日のように始発で出社し、終電で帰宅するような生活である。そんな時期が暫く続き、そろそろ疲れもピークになってきた。

会社の最寄り駅は、片面ホームが上下線を挟む形で対面している。

もうそろそろ終電という時間だが、向かいのホームにもスーツを着たサラリーマン風の男性が立っている。

——あの人もこんな時間まで仕事か。大変だな。

眺めるでもなく眺めていると、そのサラリーマンの左手の甲に、赤いマニキュアをした真っ白い手が重なっているのが見えた。

電車二両分の幅の距離である。顔すらはっきりと判別できない距離だが、吉田さんにはその白い手がやけにはっきり見えた。

あれは何だろう。そう思って食い入るように見ていると、自分のホームに終電が入ってきた。

それから一週間ほど経ったある日、やはり仕事が押してしまい、吉田さんは終電で帰ることになった。

自宅の最寄り駅で降り、いつものように駅前のコンビニに寄った。夕飯を食べそびれていた。何か腹に入れるものを買わなくてはいけない。

まずは弁当の他に目ぼしいものはないかと、店内をぐるりと巡っていると、大学生らしい男性が雑誌を立ち読みしているのが目に入った。

ああ、そういや最近雑誌も読めていないな——。

そう思いながら通りすぎようとして目を奪われた。

雑誌を読んでいる学生の左腕に、あの真っ白な手が重なっていた。

それを見た吉田さんは、何も買わずに急いで店を後にした。


コンビニのことがあってから二日後の朝。吉田さんはいつも通り始発電車で出社した。

会社の最寄り駅に近付くにつれ、乗客の数も増えて車内は混雑してきた。

あぁ、そろそろ降りなくちゃ。そう思って顔を上げると、目の前に男性が立っている。

男性はつり革を握っている。その握った手の甲に、真っ赤なマニキュアをした真っ白な掌が重なっていた。

　また見てしまった。吉田さんは、視線を上げると今の白い手首がまた視界に入ってしまうかもしれないと、なるべく伏し目がちに列車を降りた。


　幸いなことに、吉田さんはそれ以降、暫くの間は手首を見ることはなかった。

　手首についての記憶が、吉田さんの中で遠くなった頃のことである。

　吉田さんは担当している仕事が長引き、とうとう終電も逃してしまった。そのまま徹夜で泊まり仕事である。

　仕事を続けているうちに始発も動き始めて、同僚も出社してくる時刻になってしまった。

　吉田さんは徹夜明けの姿をそのまま同僚に見せるのもどうかと思い、顔だけでも洗っておこうとタオル片手にトイレに足を運んだ。

　洗面台で顔を洗い、タオルを取って顔を拭こうとした。すると鏡に映る自分の手の甲に、真っ赤なマニキュアをした白い手首が重なっている。

　慌てて自分の手を確認する。何も付いていない。

　ああ、疲れているから、前と同じように変な幻覚を見たんだな――。

　疲れ果てた自分の顔を確認するために鏡を見た。

顔は確認できなかった。

洗面台の鏡には、真っ赤なマニキュアをした白い手首が自分の顔を覆っている様子が映っていたからだ。

吉田さんは意識を失った。

トイレで倒れていた吉田さんを発見したのは、出社してきた同僚だった。それがきっかけで会社は辞めた。

標本図

看護師として病院に勤めている上岡さんの話である。

彼女の勤務先は、歴史がある大きな病院である。また、寮の建物も年季が入っていた。そこであるとき思い立って、駅近のアパートに引っ越した。

一週間ほどは快適に過ごしていたが、すぐに悪臭がすることに気付いた。

深夜の二時頃になると、一時間ほどの間、強烈な悪臭が漂う。

血液の鉄臭さ。腐った肉の饐《す》えた臭い。くみ取り便所のような吐き気を催す臭いが部屋に充満する。屠畜場の臭いを棒状に固めて、鼻の穴に突っ込めば、こんな臭いになるのではないか。寝ていても飛び起きるような強烈な臭いである。

しかし、アパートの他の住人と交流がある訳でもない。管理会社に連絡しようにも、どう伝えればいいのか。上岡さんは、とにかく臭いの元を探すことにした。

翌晩も酷い悪臭だった。臭いのせいで頭痛がする。

思い切ってベッドから降りて床に這い蹲《つくば》ってみたが、臭いの元は床ではない。

立ち上がると臭いが酷くなった。天井から降ってきている。天井裏に何かあるのだろう。

ユニットバスの天井から屋根裏にアクセスできるのは知っていた。

脚立を持ってきて、ユニットバスの天井を押し上げた。悪臭で目が痛い。臭気が滝のように降ってきているのが見えるようだった。懐中電灯で奥を照らしてみると、柔らかくぬめぬめと濡れたものが、天井裏全体に広がっていた。

腸のように見える。胃のようなものに見える。看護師として、そういうものを目にすることは稀《まれ》ではない。しかし、ここはアパートの天井裏である。

ドクンドクンと脈打っている。

腹の中に収まっているはずの臓器が、何故か天井裏で蠕動《ぜんどう》している。

新鮮だ。血の流れがある。つまりこれは——生きている。

上岡さんはその光景に耐えられなくなって大声を上げた。

「何なのよこれ！」

夜中であることは忘れていた。その声に反応するかのように、その内臓はずるりずるりと、懐中電灯の光の届かない、奥のほうへと移動していった。

その夜以来、悪臭はしなくなったとのことである。

2 ノネナール

臭いが気になる。

水島さんはひくひくと鼻を動かした。

このひねたタマネギのようなこれは、恐らく加齢臭だと思う。

家を出る前に確認しても臭わない。ところが職場で仕事を始めると酷く臭う。

さして広くもないオフィスなので、臭いが籠もるのも気まずい。

通勤退勤では気にならず、家に着いてみると臭わない。

どうやら仕事をしているときだけ臭うらしい。

一生懸命仕事に打ち込むと加齢臭が出るのだろうか、それとも自分もいよいよそんな年齢になったのだろうか、と首を捻った。まだ早くないだろうか、と焦ったりもした。

が、暫くして気付いた。

仕事中にだけ加齢臭がきつくなるのではなく、オフィスの一角にだけ加齢臭がとりわけ強く臭う場所があるのだ。

そこを離れると臭わない。

そこを通り掛かるときだけ、強烈に臭う。

ほどよく枯れたお婆さんの〈臭いの塊〉が、オフィスの一角に蹲って居着いている。

実体はなく、姿はなく、気配もなく、ただ強烈な加齢臭だけが居座っている。

臭いの霊、とでも言うべきものだ。

それに気付いたとき、安心した。

ああ、これは自分の加齢臭じゃないんだ。

自分はまだ大丈夫だ。

実体のない加齢臭の霊は暫くの間、職場に居着いていたが、いつの間にか臭わなくなって消えた。

銀杏

遠藤さんの実家の庭にはイチョウの樹があった。

イチョウには雄と雌があり、雌の樹にしか実が生《な》らない。イチョウの実は銀杏《ぎんなん》である。

毎年銀杏が落ちてくるので、その時期は庭が独特な香りで覆われる。

有り体に言うと臭い。

元々敷地にイチョウの樹が生えていたのを、わざわざ伐《き》ることもないかと放っておいたものである。

ここ数年は年を経るごとに銀杏の落ちる数が増えているのか、最近は家族から何とかならないのかという話も出るようになった。

別に銀杏が落ちてきても食べる訳ではない。そこで、秋が来るまでにイチョウの樹を伐採してしまおうという話になった。

業者を呼んでイチョウの樹を伐った。これで秋が来ても庭は臭くないはずだ。落ち葉もなくなるし、庭をもう少し有効活用できるだろう。

秋も深まったとある早朝のことである。目覚めると周囲が臭かった。

何でこんなに臭いんだろうと思いつつ起きだすと、遠藤さん以外の家族も臭い臭いという。何の臭いかは家族の誰もが言わずとも分かっていた。

銀杏だ。

雨戸を開けてみると、庭が黄色い銀杏の実で埋め尽くされている。記憶にあるどの年よりも臭いが強烈だった。

イチョウの樹は？

イチョウの樹は伐採されて跡形もない。だが、明らかに去年よりも多い数の銀杏が転がっていた。

仕方ないので熊手で庭を掃いて、銀杏を庭の片隅に寄せた。

何処からか銀杏が落ちてくるのは、その年だけでは済まず多年に亘った。

最近は近所の人たちに庭を開放して拾ってもらっている。

電車ごっこ

青木さんが時刻を確認すると、もう終電間際だった。

慌てて駅までの道を走りだす。

その甲斐もあり、どうにか電車が来る前にホームに滑り込むことができた。

スーツ姿でダッシュしたなんて、何年振りのことだろう。それにしても呼吸が苦しい。

普段本気で走るなんてしていないからな。

息が整った頃に、周囲を見回して不思議に思った。

ホームは閑散としており、そこに青木さんは独りきりで立っている。

珍しいこともあるものだ。青木さんの記憶では、終電前のホームにはアルコールの入った赤ら顔のサラリーマンがごった返しているはずなのに。

最近はこんなものなのか。何処も不況なんだな。

そんなことを考えていると、ホームに警笛と列車の走行音が響いた。

しかし何かがおかしい。

まず音が足元から聞こえてくる。それも明らかに人の口で真似た音である。

一体何事かと、音がしたホームの下を覗き込むと、人間が線路の上に縦一列で並んで立っている。

顔色の悪い男を先頭に、生気のない男女達が無表情のまま大きな輪になった白いロープを握っている。

電車ごっこ。

青木さんは不意にそう思った。

そうか終電はもう行ってしまったに違いない。

落胆していると、まだホームの下でジッとしていた先頭の男が、青木さんに声を掛けた。

「——乗りますか?」

地の底から響くような声だった。

青木さんは丁重にお断りした。ロープを握った男女はそのまま隊列を崩さずに、ガタンゴトンと口々に呟きながらホームを抜けていった。

その後随分経ってから、満員の終電が来た。青木さんはそれに乗って帰った。

忘れ物

塩田さんがとある温泉場にある老舗の旅館に泊まったときのことである。

まだ日の高い時刻だったが、ひとっ風呂浴びようかと大浴場に向かった。

大浴場には先客が三名。塩田さんよりもずっと上の世代の爺さんであった。皆七十は越えているだろう。一人はカランの前で頭を洗い、一人は湯船で身体を伸ばし、もう一人は露天風呂のほうに出ようと扉に手を掛けていた。

塩田さんはカランの前に陣取り、頭を洗い始めた。

横の老人も頭を洗っている。持病でもあるのだろうか、見るからに不健康そうだ。背中側からあばら骨が浮き出て見える。くすんでざらざらした肌だった。

そのとき、大浴場の床に派手な色をしたバスタオルが畳まれたまま置かれているのに気付いた。誰もそのバスタオルを拾おうともしない。湯と泡にまみれてしまう。誰かの忘れ物だろうか。

老人は立ち上がると、白いハンドタオルを手に、露天風呂のほうにひょこひょことした足取りで歩いていく。太腿に手術跡があった。湯治のために長逗留《とうりゅう》しているのかもしれない。その後ろ姿を見るでもなく見送る。

あれ？　バスタオルは？

老人の横に落ちていた派手なバスタオルはもうなかった。

やはり爺さんの持ち物だったか。しかし、びしょびしょになってるんじゃないか。

そうは言っても他人事である。関係ないかと思い直して身体を流し、湯船に浸かった。

湯船でぼーっとしているうちに、先客の一人は上がっていった。

先に露天風呂に入っていった老人も戻ってきて、そそくさと上がっていった。

誰も入ってこない。戻ってこないのは露天に行ったままの老人だ。

塩田さんは露天風呂に入ろうかとも思ったが、そうすると老人のことを追い掛ける形になる。

そんなに気にする必要はないかと考え直し、塩田さんは露天風呂に足を運んだ。

――あれ。爺さんどうしたんだ。

露天風呂には誰もいなかった。その代わり、先程のカラフルなバスタオルが、露天風呂の岩に畳まれたまま置かれていた。

爺さんは気が付かない間に先に出たのか。となると、このバスタオルは忘れ物か。

忘れ物なら届けてやらねばいかんかと、塩田さんは露天風呂からそのバスタオルを持って上がった。

大浴場の下駄箱には案の定、塩田さんのもの以外の靴はなかった。

そのままフロントに行き、バスタオルの忘れ物があったと伝えると、アルバイトらしい若い従業員は不思議そうな顔をして宿帳をひっくり返した。

「今、お客さん以外にうちに泊まっている人いないはずなんですよねぇ……」

耳たぶ

緑さんは、耳たぶが大きい。所謂「福耳」である。

ある日、緑さんがインディーズバンドのライブに行き、帰宅すると、左の耳たぶに傷が付いて血が流れていた。その日は白いブラウスだったので、肩が血で汚れてしまった。

明日クリーニングに出さなきゃなあ、と思いながら、緑さんは耳たぶを消毒した。

何処で怪我をしたんだろうと思い返したが、まるで見当が付かない。ライブハウスの中は暗く、音も大きい。誰かのブレスレットか時計か何かが引っ掛かったのだろう。

翌朝起きると枕が真っ赤になっていた。耳の傷が開いたにしてもおかしな量の血だ。髪の毛が血で絡まってべたついている。緑さんは、他に傷がないかを確かめたが、特にないようだった。

さらに次の夜のことである。夜中にふと目が覚めた。

横になった自分の左側の耳元に、気配を感じる。

「誰？」

声を出そうとしても身体が動かない。金縛りだ。

人生初めての金縛りである。緑さんはパニックになった。気配は左の耳たぶをいじり始めた。傷があるので、ひりひりする。身体は動かないままだ。視界の隅に影がいる。

その気配が、耳に囁いた。

「貰っていくよ」

声は確かにそう言った。

翌朝、鏡の前に立って自分の顔を見て絶叫した。

傷のあった場所も含めて、左耳の耳たぶが何かで削《そ》いだかのようになくなっていた。

自転車

杉田さんは学生時代に東京都の外れのアパートに住んでいた。

大学までは四駅。そこからバス。待ち時間を含めると、都合一時間弱の道程だ。だが今年からの杉田さんの趣味は自転車である。しかも競技用のものに乗るのだ。

この距離をトレーニングを兼ねて走れば、同じ一時間でも有効に活用することができる。

そこで雨の日も風の日も杉田さんは自転車で登校していた。

あるとき、ゼミが長引いてしまった。他のゼミ生が大学からの最終バスに乗り込む中、杉田さんは一人自転車を漕ぎ出した。

夜十時。少し遅い。途中で近道をすることにした。

茶畑の中を通る細い舗装路を、杉田さんは快調に飛ばしていく。

しかし、途中で誰かが後ろを付いてきていると気付いた。

おうおうおうおう。

男達の掛け声が聞こえる。一人ではない。三～四人の集団だ。それが追い掛けてくる。

夜なので本気で漕いではいないが、既にかなりのスピードが出ている。それに追い付いてくる。

――どんな奴らだ。

杉田さんは興味を持った。

茶畑は腰の高さぐらいまでに刈り込まれている。姿を確認できるかと後ろを振り返ったが、見えなかった。

道の脇にある小さな神社のところに街灯があった。そこで正体を見てやろうと思い、自転車を降りて、街灯に照らされた石段に腰掛けた。

すぐに男達の姿が現れた。そのまま通りすぎるとばかり思っていたが、彼らは立ち止まると、杉田さんの周りを取り囲んだ。

逆光で表情が分からない。威圧感があるが、別段危害を加えてくる訳ではなさそうだった。しかし杉田さんの内心は落ち着かない。

――落ち着け。どうするか。

煙草だ。

何故かそう思った。今年になってから自転車を始めて禁煙している最中である。煙草は持っていただろうか。

運良くジャージの背中のポケットに潰れた煙草の箱があった。使い捨てのライターもその中に入っていた。

煙草を口に銜《くわ》え、震える指で火を点けた。先端から細く煙が上がった。

息を吐くと煙が風に乗って流される。

その煙が男達のほうへと漂っていく。

ぱちゅん。

煙が男に届く刹那《せつな》、男の一人が風船でも割れたかのように姿を消した。

今のは何だ。杉田さんは動揺したが、続いて煙に触れた残りの三人もパチンパチンと姿を消した。

杉田さんはもう煙草は吸わないが、今もずっと煙草とライターを持ち歩いている。

投函

都内在住の香川さんは、最近妙なことが起きて気持ちが悪いと相談してきた。

「一週間ほど前からかな？　ドアポストに変な紙切れが入れられるんだ」

香川さんは、そう言うと困ったような表情を浮かべた。

「その紙切れってのがさ、漢字の数字が書いてあるんだけど、壱、弐、参って数字が増えてくんのよ」

これ見てくれないか、と言って広げた紙には、筆書で漢数字が記されていた。

「それも毎日だぜ。誰か知らないけど見つけたら怒鳴りつけてやろうと思ってんだけどさぁ」

そのときはそれで別れたが、数日後に連絡を取り、件の話について訊ねた。

「ああ、アレさぁ……。一体、どんな奴がやってんのかと思ってさ、夜中にドアの裏で待機して見てたんだ。投函してきたら、ドアを思い切り開けてやろうと思ってたんでね」

電話越しの香川さんの声がトーンダウンしていくのが分かった。

「そしたらさ、夜中の一時頃にドアポストが開く音がしたからさ、オラァって怒鳴りながらドア思いっきり開けたんだよ」

しかし、戸を開けた先には誰もいなかった。投函されてすぐにドアを開けたため、何処にも逃げ場はない。

昨晩で十二回目の投函でのようで、紙には『拾弐』と書かれていた。

それからも香川さんは何度か同じことを試したが、投函する者の姿を目撃できた試しがない。

そして現在も投函は続いており、書かれた数字も一つずつ増え続けている。

吸い殻

午後の休憩時間、裏の搬入口から外へ出て一服。
接客業な上に店内は禁煙なので、今が貴重な喫煙タイムだ。
店で買った缶珈琲で喉を潤しながら、煙草を燻《くゆ》らす。
後から来た後輩と軽口を叩き、火の付いた煙草を足元に落とした。
そのまま右足で踏み消して、吸い殻を拾おうと足を上げる。
煙草が消えていた。吸い殻も、灰も、踏み消した跡さえも綺麗さっぱりと。
何もなかった。

棒人間

「今、何か変なものに追い掛けられた！」

妹をピアノ教室に送り届けた高校生の娘が、慌てて玄関から飛び込んできた。

変態にでも追い掛けられたのかと訊いたが、違うという。

普段からピアノ教室までの道程は薄暗くて人通りも少ない。自転車で数分の距離とはいえ、心配した妻が上の娘を付き添わせたのだ。


妹を無事送り届けた帰り道、娘はゆったりと自転車を漕いでいた。

曲がり角を折れて、駐車している車を避けると、木の棒をアスファルトに叩き付けるような、コツンコツンという音が聞こえてきた。

何だろうと思って振り返ったところ、先程避けた車の向こうに、こちらの後を追うように近付いてくる異形が目に入った。

棒人間としか表現のしようがない。

下半身は車に遮《さえぎ》られて見えないが、その上半身はモップの柄のような木材を組み合わせた棒状である。

体幹が棒で腕も棒。

それが腕を振って走ってくる。

何が何だか分からない恐怖を感じた娘は、振り返らずに家まで一目散に自転車を漕いできたのだという。

切裂一物語

若月は大学卒業後の数年間、アルバイトばかりしていた。

とある料理店に勤めていた頃、こんなことがあったそうだ。

深夜まで及んだ勤務に続き、さらに早朝からの仕込みがあったため、一人、職場に泊まった。

宿泊した休憩室は六畳間に、せんべい布団が一斤。

それと、他のバイトが置いていった漫画雑誌がちらほらとあるだけの味気のない部屋だった。

若月は靴を脱いで部屋に上がり、ごろんと布団の上で横になった。

お。

たった今、脱いだスニーカーが見当たらない。

すわ部屋に入る前に脱いだか。

そして部屋を出て辺りを見渡すも、靴は発見されず。

泥棒？　まさか。

あんな汚いスニーカーを一瞬のうちに盗む奴がいるものか。

同僚の悪戯？　そんなことあるか。

面白くもないし、こんな深夜だ。ご苦労さんにも程がある。

とりあえず寝よう。

翌日。

スニーカーは洗い場のシンクで発見された。

ズタズタに切り裂かれて。

料理長に報告すると、「それなあ。たまにあるんだけど、原因が分かんないんだよなあ」

と言われた。

ケイマトビケイマトビ

鶴川さんの実家は街道から一本入った新興住宅地にあり、周囲は道に沿って碁盤目のように区画されている。

ある年のこと、街道から見て一番奥側の家で葬式が出た。それから二週間して、また葬式が出た。さらに二週間後に葬式が出た。

奥から順番に次第に街道に向かって近付いているようだった。偶然かもしれないが、それにしてもぴったり二週間間隔で、立て続けに葬式が出た。

死因は共通していなかった。病気によるもの、事故によるもの。変死はないようだった。

「これさ、規則性ない？」

地域の一万分の一地形図を見ていた鶴川さんは家族を呼んだ。この地図には建物一軒一軒の形状も記されている。

「どうしたの？」

「最近のお葬式の出た家を塗ってみたんだよね」

四カ月あまりで八軒の葬式が出ている。それは全て、葬式の出た家から一軒隣の斜め前の家、一軒隣の斜め前の家という形で連鎖していた。つまり葬儀の出た家は、八軒とも桂馬飛びに並んでいることになる。

次第に近付いてきているのは何となく分かっていたが、規則性を地図に示されると不気味さが増した。

「この規則で行けばうちは大丈夫だけど、斜め前の家に葬式が出るってこと？」

そして鶴川さんの予言通り、斜め向かいの家で葬式が出た。

もし、規則通りに行くのなら、次で街道沿いの秦野さんの家になる。他に候補となる家はない。その頃には、近所も皆規則性に気付いたようだった。

このままだと、秦野さんの家に葬式が出るはずだ。可哀想に――。

しかし、秦野さんは策を弄した。一家で一カ月の海外旅行に出かけていったのである。

葬式が出る間隔が二週間。余裕を見てチケットを取ったのだろう。

一カ月が過ぎて、秦野さんが海外から戻ってきた。近所は旅行中に事故がなければ良いと噂していたが、幸いなことに事故はなかった。

そしてそれ以降、あれだけ続いた葬式もピタリと止んだ。

大丈夫ですか

中学のとき、鍵当番で夜まで体育館に残っていた後輩がいた。

部活の終わった生徒が次々に帰っていき、校内が次第に静かになっていく。

そのとき、体育館に女性のものと思われる絶叫が響いた。

何があったのだろうかと声のするほうを窺っていると、体育館の奥から女が叫びながら走ってきた。頭から大量の血を流している。

うわ、凄い怪我だ。どうしようどうしよう。

後輩は思わず「大丈夫ですかあああ!!」と、大声で叫び返した。

その直後、走る女は後輩の目の前で消えたという。

カンニング

有希さんの弟は裕治さんという。彼は所謂〈視える人〉である。しかし、その能力を、中学三年生まで家族に全く信じてもらえなかった。

「うちの弟にそんな能力があるなんて信じられませんでした。うちの家、弟以外は誰も霊感ないし、皆チョー現実的なんですよ」

ケラケラと笑いながら有希さんは言う。だが、今では家族は皆、彼にはこの世ならざる物が〈視える〉と疑っていない。何故そうなったのかと訊ねると、有希さんは言った。

「カンニングしたんですよ、あいつ」

裕治さんは全く勉強しない子供だった。勉強机を買ってもらっても、そこには近寄らない。遊ぶといえば年相応にテレビゲームに夢中になるときもあるが、別にそうまで入れ込むという訳でもない。ただ勉強はしない。勉強しないから成績は悪い。

両親が裕治さんに勉強をしない理由を訊ねると、裕治さんは毎回こう答えるのだった。

「勉強机の下に、同い年の子供が体育座りしているから怖くて近寄れない」

両親は現実主義者である。判を押したように何を馬鹿なことを言っているんだと呆れ、宿題あるんだろ。早くやれと急かすのだった。

しかし裕治さんは頑として勉強机に向かうことはなかった。

成績は最底辺ながらも、義務教育のおかげで中学校には上がることができた。その頃になると、もう両親も諦めているようだった。

中学三年生の二学期のことである。期末テスト前の三者面談の席で、裕治さんはこのままだと何処の高校にも行けないと言われた。最後通牒《つうちょう》である。とにかく次の期末テストでしっかり点を取らないといけない。

聞けば裕治さんも高校には行きたいらしい。

「お姉ちゃん教えてあげて」

母はそう言ったが、弟は嫌がった。自分で勉強すると断り、期末試験までの間は猛勉強した。その甲斐あってか、期末テストの結果は大変素晴らしいものだった。

一桁台の点数しか取ったことのない裕治さんが、多くの科目で八十点台を取った。

先生や母親からも凄い頑張ったねと褒められていた。

しかし有希さんは一人弟のことを疑っていた。

絶対嘘だ。あいつ何かやったな。カンニングか何かしたに決まっている――。

そこで二人きりになったときに、そのことを問い質した。

「お前、テストのとき、何かやっただろ」

弟はびくりとした後に、実はな、と打ち明けた。

俺さ、小さい頃から勉強机の下に同い年の子がいるって言ってただろ。

勉強を姉ちゃんに見てもらうのとか絶対嫌だったから、その子に頼んだんだよ。

勉強教えてくれと頼んだらな、あの子しぶしぶ机から出てきて教えてくれたんだ。

テストの日も、まだちょっと不安だったから、お願いだから学校に来てくれ。他に視える人いないから来てくれって頼んだんだ。

そうしたら付いてきてくれたんだ。答えも一緒に考えてくれたんだよ。いや、正直に言えばさ、難しい問題は殆ど解いてもらったんだ。

でもさ、俺も高校行きたいから仕方ないじゃんか――。

その告白を聞き、有希さんは腑《ふ》に落ちた。

うちの弟が勉強して成績を上げたなどということは信じられない。だが、幽霊に勉強を教えてもらったというのならば信じられる。

その後、裕治さんは幽霊の力を借りて高校に入り、青春を謳歌している。

木彫

久保田さんが高校生だった頃、美術の時間に木工の課題があった。

その課題のことを考えると久保田さんは憂鬱《ゆううつ》になった。美術全般が不得手という訳ではない。しかしどうにも立体造形が苦手なのだ。

同級生が着々と鑿《のみ》と槌《つち》で作品を彫り上げていく中、全く手が進まない。三面図を角柱に描く時点で、もう何を作れば良いのか見当が付かなかった。

——何か簡単なものないかな。

出遅れた時点で凝ったものを彫る時間は失われている。簡単に彫れそうなものは何かしらと思いながら休み時間に雑誌を捲っていると、イースター島の特集が載っていた。

天啓を得た久保田さんはモアイ像を彫ることにした。これなら直線が主体だし、自分にもそれなりに彫れそうだった。

しかし彫り上げたモアイ像は手抜きとは言わないまでも、不格好なものだった。友人達は笑った。しかし、ニスを塗っていくうちに、不思議といい雰囲気が出てきた。

木工の課題が終わる頃、モアイ像から声が聞こえてくるようになった。

「交通事故に気を付けろ」

美術の授業中に何度も声がする。振り返っても心当たりはモアイ像しかない。事故には気を付けるけど——もしかして自分はおかしいのかしら。そう友人にも相談したが、ただ笑われただけだった。

しかし久保田さんには、あのモアイ像が自分を守ってくれているという直感があった。


学期末に美術の先生に呼び止められた。

「久保田のモアイ像だけどな、木彫作品としては正直稚拙なんだが、ニスの様子とか、全体の雰囲気が良いから、学校で展示品にしてもいいか？」

久保田さんは大事にしてくださいと言って快諾した。

その帰り道で久保田さんは轢き逃げに遭った。幸い大きな怪我はなかった。

翌日クラブ活動のために学校に行くと、美術の先生に呼び止められた。

モアイ像が昨日突然真っ二つに裂けたらしい。詳しく話を訊くと、像が裂けたのは久保田さんが事故に遭ったその時刻だった。

やはり守ってくれたのだなと、心で手を合わせたという。

高専の寮

佐藤さんが高等専門学校、通称高専に通っていた時期の話である。高等専門学校とは、一般的には五年制で工学や技術系の専門教育を担う学校である。

そこには寮が完備され、学校近くの山の斜面に学年別の棟が建っていた。どれもカビ臭さすら漂うような、コンクリート製の古びた建築である。

夏休みが目前という夜に、佐藤さんの入寮している一年生棟で騒ぎが起きた。北西の角部屋に入寮している一人の寮生が変な体験をしたと訴え出たのである。

「俺の部屋の染みが動いたような気がするんだ。誰か部屋を代わってくれないか」

大騒ぎをするから何事かと訊いてみると、拍子抜けするほど些細《ささい》な話ではないか。

周囲はその寮生が寝ぼけていたのだろうと判断した。

気のせいだからもう寝ちまえとなだめて寝かしつけた。

暫くすると、再び同じ寮生が騒ぎだした。やはり壁の染みが動くのだと訴える。消灯すれば真っ暗だ。壁の染みが見える訳もないだろう。

相部屋の寮生を始め、他の寮生達で彼を部屋に戻そうとしたが、大の男が怖い怖いと涙声で訴える。

「やっぱり怖いから、誰か代わってくれよ。染みが動くことが怖いんじゃないんだよ。馬鹿みたいだって分かってるよ。でもよく分からないけど凄く怖いんだよ。こんなこと今までなかったんだよ。頼む。今晩だけでいいんだ」

そう必死に訴える友人の姿を見るに見かねたのだろう。俺が変わってやるよと鈴木という寮生が声を掛けた。


その夜午前三時を回った頃に悲鳴が聞こえた。先程の部屋を代わった鈴木のものである。

「早く電気電気！　誰かが俺の足を掴んでる！　掴んでる！」

その言葉に相部屋の者が慌てて灯りを点けた。

布団を捲りあげると、足を掴んでいるはずの手は消えていた。しかし鈴木の足首には、ぐるりと手の痕が残っていた。

寮じゅうが大騒ぎになった。鈴木は一躍時の人である。さすが工学系というのだろうか。寮生が次々と廊下に集まって、鈴木の身に起きた怪異について解釈しようと試み始めた。皆が騒ぎだしてしまったために、殆どの寮生は眠れずにいた。その中に佐藤さんもいた。彼はそのうち腹痛を覚えた。恐らく夜気に当てられて腹が冷えたのだろう。

トイレに急いだ。入った個室では、やけに悪寒がした。カタカタと歯の根が合わない。風邪か？　いや発熱はしていない。単に明け方だから気温が下がったのだ。そう思い込もうとした。だが今までに感じたことのないような寒気である。

両肩を抱え、震えながらトイレから出てくると、トイレの入り口の前に小林という寮生が青い顔をして立っていた。

「お前さ、気付いていたか？　髪の長い男がお前の入った個室の上から覗いていたぞ」

男に用便中の個室を覗かれて嬉しい訳もない。ましてやこんな騒ぎのあった夜だ。佐藤さんが脅かすなと小林に抗議すると、彼は真剣な表情で「お前も真っ青な顔してるじゃないか。俺はもう怖くてこのトイレには入れないよ」とその場から逃げていった。

後日、発端になった部屋について何か知らないかと上級生に訊ねると、以前、飛び降り自殺をした寮生が、あの部屋の庭先に落ちたのだと教えてくれた。

飛び降りた寮生は肩まで髪を伸ばしていたらしい。

騒ぎのあった夜はちょうどその寮生の命日だった。

授業参観

宮崎さんは四十代半ばの女性で、複数の大学で非常勤講師として教鞭を執っている。秋学期には都内のとある女子大で授業を担当している。

授業の間に、教室の後ろに幽かな人影が現れる。色は薄い蛍光緑である。当初、宮崎さんは白い壁と学生の黒い髪の毛のコントラストが見せる残像だと考えていた。

残暑の折には教室の後ろに立つ人影は四人だった。しかし、秋が深まる頃には、蛍光緑に輝く六人の人影が並ぶようになった。その頃には宮崎さんも、その影がただの残像ではないと確信していた。

宮崎さんは恐がりである。しかし例え怖くても、先生が講義の途中で取り乱す訳にはいかない。大学に言って教室を変えてもらおうかとも思ったが、理由として「お化けがいるから」とは言い出せなかった。幸いその人影はゆらゆらと揺れるだけで、何かをする訳ではない。

そして冬休みに入り、年が明けた。

年明けの最初の授業時には、教室の後ろに人影はいなかった。ほっとした。

やはり去年のは何かの見間違いだったのだろう、そう考えて講義を進めた。

だが、学生のほうに背を向け、ホワイトボードに図を書いて振り返ったときに、悲鳴を上げそうになった。薄い蛍光緑の影が一番廊下側の通路にずらっと並んでいた。

十体以上の蛍光緑に光る人影が、形を変え、伸び縮みしながら通路を埋め尽くしている。

しかもそれは影ではなく、実体があるように見えた。柔らかなゴムでできているかのように、ぐぐっと天井近くまで伸び上がっては、また元の背に戻る。しかし、一番廊下側の席に座る学生は、すぐ横に立つそれが見えていないようだった。

講義途中で黙ってしまった宮崎さんを、学生が不思議そうな顔で見ていた。


宮崎さんは何か分かるかもしれないと、前任の山田先生に話を訊いた。すると山田先生は暫く口ごもった後に言った。

「あれは最後は教室を埋め尽くしますが――大丈夫です」

トキワ荘

喜多見さんは苦学生だった。家からの仕送りは期待できず、奨学金とアルバイトで得た金で、授業料と生活費を賄うのだ。部屋を借りるにしても元手が厳しい。家賃も安くしたい。そう不動産屋に相談すると、敷金礼金なし、家賃一万五千円という物件を紹介された。駅から離れた辺鄙《へんぴ》などころにあるが、自転車を使えば大学に通えない距離ではない。内見をしに行くと、小高い丘にある古い木造アパートだった。名前をトキワ荘という。やたらと広い廊下が印象的で、部屋も意外と広い。各部屋にトイレはないが、一階に共同トイレがある。玄関を出ると自治体の運営する体育公園のグラウンドになっている。

これで一万五千円なら良い物件だ。喜多見さんはその部屋を借りることにした。

移り住んで初日の〇時半になった。その瞬間、建物に響き渡るような音が鳴った。

キーンコーンカーンコーン。

学校のチャイムである。その直後にグラウンドから子供のはしゃぐ声が聞こえてきた。

何でこんな夜中に子供の大声が聞こえるのか。しかも一人や二人ではない。もっと大勢の子供の声である。

しかし、窓の外から外を見ても誰もいない。無人のグラウンドを囲うように街灯がポツポツ立っているだけだ。

廊下からも子供の声がする。しかし部屋のドアを開けても誰もいない。

一時間ほどすると、再び学校のチャイムが鳴った。それと同時に子供の声も止んだ。

翌日は大学が休みだったので、喜多見さんは昼間にアパートでレポートに取り組んでいた。昼の十二時半になると同時に、また学校のチャイムが鳴り響き、子供の声が聞こえた。

子供の騒ぐ声は聞こえるが、周囲には誰もいない。平日の昼間である。グラウンドに来るような子供は、皆学校に行っているはずなのだ。

喜多見さんは建物から出た。すると子供の声は消えた。建物に戻ると声が聞こえる。右往左往しているうちに、またチャイムが鳴って静かになった。一時間経っていた。


ここに住んでみて、色々なことが分かってきた。まず日曜日はチャイムが鳴らない。そして日曜日以外は昼夜とも十二時半から一時半までは子供の声が聞こえる。さらに夏休みなどの長期休暇の期間も、声は聞こえなくなる。

喜多見さん以外でトキワ荘に住んでいるのはお年寄り三人だ。その三人も、状況は把握しているが、原因は分からないらしい。

「ただね、子供の声はいつ聞いてもいいものだよ」

「夜は寝てるから、子供の声は聞こえないなぁ」

老人達は迷惑がってもいないようだった。

そして喜多見さんもいつの間にか慣れた。


結局四年間をその部屋で過ごした。喜多見さんは最後に退去するときに、毎日起きる現象について不動産屋に訊ねた。

不動産屋は興味深そうに話を聞いた後に教えてくれた。

「それはトキワ荘が昔は学校だったからかもしれませんね。あのグラウンドも、元々はその学校のものだったんですよ」

廃校になった学校の建物を改築して、アパートにした物件なのだという。もちろん内装は変えてある。しかし、そう聞いてみれば、確かに面影があった。


先日、喜多見さんは学生時代を過ごした街を訪ねた。グラウンドは残っていたが、トキワ荘はもう残っていなかったという。

ちょっとごめん

お盆の時期の話である。

蓉子さんが働いている職場はスーパーマーケットにある小さめの花屋である。

花屋の閉店時間は夜の八時である。しかし夜六時を過ぎるくらいの時間になると、スーパー自体に人はいても、花を買いに来る客は徐々に少なくなってくる。

そこで、蓉子さんは花を保管しているキーパー内の見直しを始めた。

キーパーは花屋の一番奥にある。そのため自然と店の入り口に背を向ける形になる。

全面鏡張りの箱の中に花が保管されている。また、花屋のすぐ向かいに立つ柱も鏡状になっており、キーパー内の鏡と柱の鏡とで合わせ鏡になっている。つまり、蓉子さんはその二つの鏡の間に立つ形で作業をしていた。

突然耳元で声がした。

「ちょっとごめん」

低い男性の声である。あたかも耳元に筒か何かを近付けられ、筒越しに話しかけられたような響き方のする声だった。

店の入り口に背を向けて作業をしていたこともあり、男性客が店の中まで入ってきていたことに気付かなかったのかと、蓉子さんはすぐに振り返った。

先程の声は空耳などではない。

しかし店内には誰もいなかった。それを確認した直後、鳥肌が両方の腕に一気に広がったという。

風の強い夜

齊藤さんはマンションの六階に住んでいる。

ある夜、風が強く吹いていた。風が吹き抜けていく音に混じって幼児がきゃっきゃと笑っている声と、嗚咽《おえつ》混じりに鼻をすすっている女性の泣き声が聞こえてくる。

風に乗って何処かの家の声が聞こえてくるのだろう。

家族は皆隣の部屋で先に寝ている。天井には常夜灯のみが光っている。薄暗い。

寝る前に水でも飲もうかとソファから腰を上げた。

足を踏み出すと、耳のすぐ後ろから声がした。

「この人達、誰？」

風の音が止んでいた。先程まで聞こえていた幼児の笑い声も、女性の泣き声も聞こえない。耳の奥が痛くなるような静寂。

そのままの姿勢でどのくらい立っていただろう。一分かそこらだったかもしれない。

振り返っても誰もいない。そそけ立った鳥肌が戻るまで暫く掛かった。

齊藤さんはまだそこに住んでいる。

変な顔

普段なら元気のない姿を見せもしない由梨が項垂《うなだ》れていた。悦子は由梨に声を掛けた。

「どうしたの、そんな落ち込んで」

「うん。ねぇ悦子。ちょっと相談なんだけど……絶対笑わないでよ」

「あたしがあんたのことを笑ったことがあったかい？　お姉さんに話してごらん？」

由梨が言うには、昨日帰宅して部屋で漫画を読んでいると動けなくなったという。

今までに由梨は金縛りに遭ったことはない。焦ってもがいても、身体が動かない。

視線を感じた。自分を誰かが見下ろしている。恐怖を覚えた。全身を冷たい汗が伝う。

――あたし何をされちゃうんだろう。

もがいてももがいても動けない。その自分の上から男の声がした。

「……変な顔」

「ね、酷いと思わない!?　……ってお前もだよ！」

腹を抱えて爆笑している悦子に向けて、由梨は大声を上げた。

声

三崎さんはこれまでの五十二年に及ぶ人生の中で五回、大怪我をしている。

一度目の事故は小学生のとき。

横断歩道で信号待ちをしていると、背中を思い切り押された。

車に轢かれ、右足複雑骨折。

二度目は高校生の頃。

スキーで斜面を滑降している中、肩を掴まれ真横に引き倒された。

左足靭帯《じんたい》断裂。

三度目は浪人中。

漕いでいた自転車が突然、三崎さんもろとも宙に浮き、歩道の真横にある川に落下した。

右手首骨折。

四度目、就職後。

自家用車を運転中、後ろから首を絞められた。

電柱に追突し、背骨複雑骨折。

五度目。

つい先日。

「いい加減、死ねよ」

何処かから声が聞こえると同時に、大きな石が顔面に当たった。

鼻骨骨折。

三崎さんは声に聞き覚えがあるような気がしているが、未だ誰の声かは思い出せない。

宣伝

徹夜明けの朝、駅から続く一本道を重い足を引き摺り家路を急ぐ。
――タッタッタッタッ。
背後からリズミカルな足音が聞こえてきた。
邪魔にならぬよう、やり過ごそうと脇に寄る。
「コマーシャルぅぅぅ！」
叫び声とともに、スパーンと勢い良く後頭部を叩かれた。
――タッタッタッタッタッ。
呆気に取られる目の前を足音だけが走り去っていった。

駅前のマンション

東海林さんの、学生時代の話である。

彼は私鉄の駅から近い五階建てのワンルームマンションの四階に住んでいた。

ある日出かけようとエレベーターに乗り、一階のボタンを押した。

ゴンドラが動きだすと、すぐに外からエレベーターのドアが拳でドンドン叩かれる音が聞こえた。ゴンドラが揺れるほどの勢いだ。直後に声が響いた。

「アマゾンさんからのお届け物です！」

ゴンドラは一階に向かって動き続けている。そのドアが激しく叩かれる。

「アマゾンさんからのお届け物です！」

一階に着いてドアが開いたときには、外には誰もいなかった。東海林さんはそれ以来エレベーターを使っていない。

マグロ

愛さんという女性がパチンコ店で働いていたときの話。

その店ではあるときから女性の店員ばかりが体調不良を訴えるようになった。体調不良で休む者は今までもいなかった訳ではないが、それが連鎖的に続くと店のほうとしても困る。この店は店長も女性だったが、店長にも理由が分からず困惑している様子だった。

その休み方にどうにも奇妙なものを感じたので、愛さんは姉に相談することにした。

電話で職場のことを話していると、先程まで相槌を打っていた姉の反応がなくなった。

「お姉ちゃん？　どうしたの？　何、何かあった？」

「あのね、話を聞いていたんだけど、今さっきね、受話器からマグロが出てきたの」

「マグロ？　マグロって魚の？　何？　受話器からって何？」

「ちょっとあたし混乱しているからかな。分からないんだけど、今、受話器から出てきたマグロが部屋の天井の辺りを周回してるのよ」

「泳いでるの？」

「泳いでる。あたし、マグロの幽霊って今まで見たことなかったんだけど……」

「私もないよ」

二人して黙ってしまった。その沈黙を先に破ったのは姉だった。

「……あのさ、あたしも分からないんだけど、あなたのお店でマグロと関係あること何かあった？」

愛さんには思い当たることが一つあった。その店では新装開店のときに、マグロの解体ショーを行ったのだ。しかし、パチンコを打ちに来たお客さんにマグロのサクを振る舞ったところで、持って帰ることもできない。結局マグロの大部分を破棄することになってしまった。

愛さんがそう告げると姉は言った。

「そうなの、きっとそれが原因かもね――でもあたしも人間はともかく、マグロの霊はちょっと祓《はら》い方分からないし、祓える知り合いも知らないのよね。でもそのうち落ち着いてくるんじゃないかな」

最後は少々投げやりな感じもしたが、電話での相談は終わった。

確かにマグロの幽霊など聞いたことはない。しばしば女性店員が休むことはあっても、仕事が回らない訳ではない。姉の言う通り、そのうち収まってくるだろう。

そう考えていると、確かに少しずつ休む人の数も減ってきた。

ある夜、店長と締めの作業をしているときに、愛さんは笑い話のつもりでマグロの話を切り出してみた。

すると笑ってくれるとばかり思っていた店長が黙ってしまった。

愛さんは店長におかしな奴だと思われたのではないかとドギマギしていた。

そこに店長が思いつめたように切り出してきた。

「愛ちゃん。あたし自身、自分の正気を疑ってて言えなかったことがあるの。ここのところ、女性ばかりがよく休むようになっていたでしょう。その頃から、お店の天井近くをマグロが泳いでいるのを見るようになったのよ」

最初はパチンコのコーナーを遊泳している巨大なマグロを見て、これは自分が単に疲れているのか、それとももうおかしくなっているのではないかと考えたという。

店長自身、マグロの解体ショーをしたから怒って化けて出てきているのかもしれないと感じていた。

しかし店員に話をしても馬鹿にされるか正気を疑われるだけだろうと黙っていた。

ある夜、店長が一人で締めの作業を終えて、さて帰ろうかと事務所のドアを開けたところ、従業員用の出入り口の前にあのマグロが張り付いていた。

黒い眼がこちらをジッと見ている。

エラがパクパクと動き、ヒレがピチピチと空気を叩く。

店長は、ついに自分の頭がおかしくなったのだと確信した。これは少し休まないとダメだ。頭痛はなかったが、手元にあった頭痛薬を飲んだ。鞄にそれしかなかったからだ。

暫くしてから、再びゆっくりとドアを開けた。

しかし、出入り口の前にはマグロが張り付いたままで、こちらをジッと睨んでいる。

恐ろしくて帰れない。マグロがいるから帰れない。

店長はそうして次の日の開店時間まで事務所で震えながら過ごしたのだという。

さすがの愛さんも笑いそうになったが、それは耐えた。

そのパチンコ屋では、安易にマグロの解体ショーをしてはならないという教訓が伝わっているという。

マグロマン

あるカップルが桟橋でデートをしていた。

ひとしきり話も済み、さぁ帰ろうかと、男性が飲み終わったジュースの缶を海に向けて放り捨てた。

駐車場のほうに向けて何歩か歩きだしたところで、男性の頭に何か硬いものが当たり、足元でカラカラと音を立てて転がった。

見ればつい先程投げ捨てたジュースの缶である。

「痛ぇ！　誰だッ！」

いきり立って海のほうを見ると、巨大な魚の頭部と目が合った。三角形の巨大な頭だ。

恐らくはマグロ。その感情の読めない目がこちらを見ている。

しかし、どうやら全身が魚という訳ではないようだった。肩から上は確かにマグロである。しかし、肩から下は人間のようだ。しかもどうやら男性の身体である。

唖然としていると、マグロ男は天に向かって開いた口から吠えた。

「人ん家にゴミ捨てんな！」

藪の中

海沿いの線路は少し内陸に逸れると、時として藪の中を走る。

藪のすぐ向こうに海原か住居があるはずなのだが、車窓からその姿を確認するには、草木の背が高すぎる。


星野は先輩からバーベキューに誘われた。

場所はとある海岸のキャンプ場だった。

駐車場に入ると、既に先輩のワゴンが停車してあった。

キャンプ場のほうへ目を向けると、幾つかのテントと、白昼の中既に宴を始めている見知らぬグループがいた。

あの中に、先輩の一団がいるのだろう。

星野は輪に入らんとキャンプ場に近付いた。

だが、子細にそれぞれのグループを確かめるも、先輩はおろか見知った顔が一つもない。

「おーい。高山せんぱーい」

小さなキャンプ場では声を張れば返事の一つもあるだろうと、先輩を呼び掛けるが、応答はなし。

「高山せんぱーい」

声を出し続け練り歩いたが、結果、星野はキャンプ場の端に立ち竦《すく》み、そこでようやっと、

「星野。こっちだぞー」

と先輩の声が聞こえた。

はーい、そっちですかー。今行きまーす。こっちだー。はーい。行きまーす。もっとこっちだぞー。はーい。

――ブォォォォォォォォォォォォォォォォォォ！

先輩の声を頼りに藪を抜けた場所がちょうど線路のカーブにさしかかっていたため、近付く電車に気が付かなかったのだ。

電車が去ると、先輩の声はピタリと止まった。

キャンプ場に戻ると、先輩達は楽しそうに酒を呑んでいた。

数時間前から、そこにいたとのことだった。

海撮り

夏場、海辺でキャンプをした。
総勢七~八人の集いだった。
夜、缶ビールを皆で呑み、騒いだ。
ある友人が使い捨てカメラで、キャンプの様子を写真に撮りまくっていた。

「こいつ誰だと思う?」
キャンプから暫くが経ち、写真ができあがった。
だが、写真の半数には見知らぬ男が写っていた。
男の写り方には、幾つかのルールがあった。
まずは、海パン姿で砂の上に仰向けで寝そべっていること。
顔は必ずカメラに向いている。
そして、誰かが座るビールケースがある光景にしかいない、ということ。
数枚の写真においては、ごくごく近くに並んだ友人二人が座るケースとケースの間に男は寝転んでいた。

男の風体は、中肉中背、色黒の二十代後半といったところだった。

「ええと。いないよな。こんな奴」

「ううん、だよね。でも、思いっきりいるな……」

「皆酔っていたから……」

で済まされないそうもないそれらの写真は、撮影した友人の手でフィルムと一緒に燃やされた。

海の家

「子供の頃、海の家で小便するのが嫌で、ずっと海の中でしてたんですよ」

平木さんは言った。

なぜならば、その海の家のトイレには巨大な顔の化け物がいたからだ。

それは床から天井にまで届きそうなほどの大きさで、いつだってこれでもかと口を開いている。口の中には黄色い乱杭歯《らんぐいば》と、真っ赤な舌が見える。眼も大きく見開いており、時々ぐりぐりと眼球が動く。

初めて見たときから、恐ろしくて堪らなかった。あのトイレの化け物に会うくらいだったら、海の中で小便をするくらい躊躇《ちゅうちょ》はなかった。

「親父も兄貴も、そんな化け物はいないって笑ってたんですけど——」

実は去年、もういないだろうと海の家のトイレに行ったところ、今でもそれは壁に張り付いて大きく口を開けていたのだという。

GBL

谷崎さんは、若い頃にオーストラリアでダイビングのインストラクターをしていた。

当時は若くて体力があったこともあり、主に中上級のコースを担当していた。

ある日、男性二人組のお客さんがやってきた。

時期外れで寒い時期である。こんなときに珍しいなと思いながら応対をしていると、一人は上級者、もう一人は中級者のようだ。

上級者が話を進めていく。

「彼にはあまり経験がないので、僕とあなたの二人でフォローする感じで潜ってもらえるとありがたい」

「了解しました。それでは船を出しますので、暫くお待ちくださいますか」

船がポイントに到着し、三人で潜り始めた。

エアは十四リットルのタンクを用意した。これには陸上では二時間以上吸えるだけのエアが入っている。ベテランのダイバーであれば水深十メートル程度なら、条件が良ければ一時間以上は十分に潜っていられる計算になる。

上級者から、近隣の岩場に珍しい魚が集まるようなので、そこに行ってみたいとの希望が出た。谷崎さんがポイントを確認すると、難易度もそう高くなく、エアも十分足りる距離である。

一方で岩場ということは、海流が入り組んでいる場所でもある。

谷崎さん、中級者、上級者の順番で、中級者を挟む形で泳いでいく。

進んでいくと、思ったよりも海流が乱れていた。体勢を整えるのが辛い。エアの消費も激しくなる。身体を取られながらも慎重に進んでいった。

だが、確認のために谷崎さんが振り返ると、上級者の姿しか確認できなかった。彼も慌てている。

——まずい。

二人は水中スレートを取り出した。磁気を利用して筆談する、水中用のメモボードである。これを使えばハンドサインよりも込み入った話ができる。

どうやら一瞬目を離した隙にいなくなってしまったらしい。

落ち着いて辺りを見回すと、単身岩場の奥にある洞窟に向かって進んでいく中級者の姿を捉えることができた。

谷崎さんは、「すぐに連れて戻るので、待っていてほしい」と伝えると、上級者をその場に残して中級者を追い掛けた。

幸い洞窟は浅く、すぐに追い付くことができた。水中スレートで事情を訊ねた。

「何があった」

「子供が洞窟に入っていったから、慌てて追い掛けた」

だが、浅いとはいえここは洞窟の一番奥に当たる位置である。周囲を見回しても子供などいるはずはない。そもそもその子供は機材を身に付けていたのか。もし機材を身に付けずに泳いでいたならば、その子は素潜りで海中洞窟の奥を目指していたことになる。

中級者も辺りを見回して気付いたらしい。

「すみませんでした。疲れていたのかもしれません」

そう伝えてきた。

とにかく上級者を待たせているし、早く船に戻ろうと谷崎さんが動きだした瞬間、足首をぐっと掴まれる感覚に襲われた。

海中で誰かの手に足首を掴まれるということはありえない。それならば海藻が絡んだのか。いや海藻も確認できない。理由が分からない。谷崎さんは焦った。

体感では二〜三分。随分長い時間苦しんでいたように感じた。

苦しんでいる姿を見かねたのだろう。中級者が肩を叩いてくれた。そのおかげで何とか落ち着いた。

しかし、一緒に潜っている相手が二分以上も苦しんでいるのを、ただ眺めているというのは、海中での対応としてありえないだろう。お試しダイビングの初心者ではないのだ。

洞窟を出て、谷崎さんは水中スレートに書き込んだ。

「何であんなに長い間放っといたんだ」

中級者は首を捻る仕草をして、こう返してきた。

「あなたがパニックになってからすぐに肩を叩いた、そんなに時間は経っていない」

そのやりとりから、谷崎さんは何となく自分の時間の感覚がおかしくなっていると感じたが、今はとにかく二人で上級者が待つポイントまで戻ることが先決だ。


ところが上級者は別れた場所にいなかった。何かあって先に船に戻ったのだろう。

二人は慌てて船に戻った。浮上していくと、青い顔をした上級者が甲板で待っていた。

上級者は海面に顔を出した二人を確認すると、捲くし立てた。

「二人ともいつまで潜ってるんだ。エアが足りないだろう。何かおかしくないか」

海面から辺りを見渡すと、潜る前にはまだ高い位置にあった太陽は既に沈みかけ、真っ赤な夕日となって海をオレンジに染めている。

エアは浅瀬でも最大二時間しか持たない。しかし、実際には十メートルを超える水深で、乱れた海流に耐えながら進んでいった。体感では一時間も経っていない。

だが、一時間で太陽があんなに動く訳はない。

「あなたと別れてからどれだけ時間が経った？」

「もう俺が海から上がって二時間経っている。その前に一時間以上潜っていたから、合計で三時間以上潜っていたことになるぞ」

タンクの圧を見るともう空だということが分かった。

長年仕事をしてきたが、こんなことは初めてである。何が何だか分からない。とにかくこの場所から離れようと思ってダイビングスーツを脱いだ。

そのとき、上級者が悲鳴を上げた。

谷崎さんの足首には子供のものと思われる小さな手形が二つ並んで付いていた。

水兵事業服

五十年以上前。齢七十の木暮さんが、まだ駆け出しの頃の話である。

当時木暮さんは国際貨物船に乗っていた。

南方から戻る航海の途中のこと。甲板で一人煙草を吸っていると、海の上に人が浮いていた。少し離れてはいるが、白い服を着ている。波間に出たり沈んだりしている。

「おい人だぞ！　ライト向けろ！」

ライトを水面に向ける。光が波間を照らした。男は反応を示さない。

こちらの呼び掛けも聞こえていないようだ。死んでるかもしれない。

こいつはまずいぞ。とりあえずは引き上げよう。もしかしたら生きているかもしれない。

木暮さんは救命胴衣を身に付けて海に飛び込んだ。

男を両手で抱えて甲板に上げた。東洋人だ。日本人かベトナム人に見えた。年の頃は二十代の終わりから三十代の初めだろう。

ずぶ濡れの真っ白い作業着を着込んでいる。

木暮さんはその服に見覚えがあった。水兵事業服である。

──こいつは旧軍の水兵の服だぞ。

戦争が終わって、既に二十年近くも経っている。だが、もしかしたら似たような水兵用の作業服を使っている国があるのかもしれない。

「水を飲んでいるが、まだ息はあるな」

上司に報告すると、服を脱がせて医務室に運んで寝かせておけと言われた。

命令に従い、医務室に運ぶ。

海水に長時間浸かっていたことで身体が冷え切っている。服を脱がせ、毛布を掛けた。

これ以上は男の生命力次第だ。頑張れよと声を掛けて、木暮さんは作業に戻った。


それから三十分ほど経った頃に、一人の船員が慌てた様子でやってきた。

「医務室に誰もいないぞ」

その報告に船員達はざわついた。

「男なら医務室で寝てるはずだろう」

「いや、いない」

「拾った奴は何処行ったんだ。お前ら見かけたか？」

誰も見ていなかった。しかし甲板に出ようにも、船室に行こうにも、作業をしている船員達の目をかいくぐることになる。そもそも脱がせた服が残っている。あの男は裸で何処に行ったというんだ。

船員総出で方々を探したが、男は消えてしまったようだった。

結局、再び医務室を調べることになった。そのときに船員の一人が言った。

「何であの下はあんなに水浸しになってるんだ」

男が寝ていたはずのベッドの下は、海水を柄杓で撒いたかのように水たまりができていた。ベッドに敷いてあったシーツをはじめとして、毛布に至るまで全てが水で濡れていた。

さよならだけが人生か

危篤《きとく》状態だった。
琴子の母は元より心臓に疾患があり、加齢がその背中を押した。
昏睡状態から回復する見込みはなく、そのときは最早秒読みとなっていた。
仕事を休んだ琴子は、病室で母の手を握る他、なす術がなかった。
そして、ドラマや映画で何度も聞いた、切れ間のないあの電子音が鳴った。
「琴子、お前は帰って休め」
父の言葉に素直に従った。
抗う理由もない。
悲しみと一緒にタクシーへ乗った。
車内で携帯電話が鳴った。
〈着信　ママ〉
もしもし。

——もしもし、琴ちゃん。
もしもし、ママ？
——琴ちゃん、ママ行ってきます。

タクシーは誰もいない家に着いた。
母の携帯はキッチンの電子レンジの上にあった。
充電は入院した頃からとっくに切れている。
行ってらっしゃいママ。
いつか、また会いたいな。
いつか、本当にまた会いたいな。
本当に。本当に。本当に。
会いたいよ。

ワン切り

内田さんは小さな開発会社のＳＥで、忙しいときは何日も会社に泊まり込みになる。

ある日のこと、深夜にタクシーで帰宅した。さて寝るかとベッドに横になった。

ああそうだ、充電しようと携帯を見ると、着信が一件あった。確認すると、電話帳に登録されていない番号だが見覚えがあった。

誰の番号だっけとばかりに机の引き出しから手帳の住所録を引っ張り出して確認すると、何年も前に解約した亡くなった母親の携帯番号だった。

はっと気付いた。昨日は母親の命日だった。


翌早朝、内田さんは始発電車に乗った。

目的地に到着したが、まだ花屋も開いていない時間である。

駅の自動販売機で花を買った。

仏花にしては派手だが、生前の母親が好きそうなアレンジメントを選んだ。

タクシーを走らせ、母の眠る共同墓地に到着した。

案の定、昨日が命日にも拘わらず、親族も友達も誰も来ていなかったようだった。

丁寧に掃除し、手を合わせてから仕事に向かった。

会社に着く頃、同じ番号からまた一件ワン切りで着信があった。

「おふくろ、寂しかったんでしょうね」

それ以来、その番号からの着信はない。

通夜

秋というにはまだ早い、夏の終わりの時期に祖母が亡くなった。

笑美子さんは母とともに祖母の家に向かった。去年までなら高校の制服だったが、卒業した以上、礼服を新調せねばならなかった。

「ああ、お姉ちゃん来てくれたんだ――」

祖母と同居していた叔母は疲れているようだった。母が叔母を労う声が続いた。

亡くなった祖母は雛人形の道具を作る職人だったが、もう何年も前にそれは辞めていた。記憶に残っているこの家には、いつでも接着剤の臭いがしていた。だが、もうその臭いはすっかり抜けて、代わりに線香の香りがした。

仏間に祖母の祭壇がしつらえてあった。別室には座卓が幾つも置かれ、そこに寿司桶が等間隔で並べられていた。ビールとオレンジジュースの瓶も用意されていた。

祖母は七人の子供を産み、六人を育てた人だった。子供のうち一人は幼くして、一人は若くして亡くなった。通夜には残りの五人とその子供達が集まるのだ。

居間の箪笥《たんす》の上段にはガラス扉が入っており、中には祖母の作った人形があった。

ちりんと風鈴が鳴った。季節が過ぎていくのに、人のほうが追い付いていない。

この家の時間は、もう止まってしまったのだろう。

そう思って、叔母を忘れていたことを思い出した。祖母と二人きりで住んでいた叔母。

彼女はこれからどうするのだろう。


夕方までには皆が揃った。

「お母さん、湿っぽいのは嫌だっていつも言ってたっけな」

大人達はお酒を酌み交わし、故人の思い出を語り合った。

――死んじゃった人は笑顔で送らなくちゃいけないんだ。

一番上の伯父はそう何度も繰り返した。

「お酒足りないね。今取ってくるから」

そう言って叔母は席を立って台所に向かった。しかし、彼女はすぐに戻ってきた。

顔が真っ青だった。

おいどうした、大丈夫かと声が掛けられた。

唇を震わせていた叔母が口を開いた。

「今ね、台所にお母さんがいたの――」

亡くなった祖母が、生前のいつもの様子で台所に立っていたのだという。

「お母さん、皆いるから米を研がなきゃあって、そう言ったの」

その言葉を聞いた子供と孫は皆ぽろぽろと涙を零した。

「お母さん、子供のために米ばっかり研いでる人だったからね——」

涙を流しながら母が言った。

「母ちゃん、いつも湿っぽいのは嫌だって言ってたから。やい、笑えやあ」

伯父が鼻をすすりながら言った。

旅支度

夫が亡くなった。

職場で倒れ、入院して暫くのことだった。まだ五十半ばの働き盛りだった。

病院から戻った遺体を前に、娘とともに暫し考え込んでいた。

「お父さん、このままだと可哀想じゃない？」

頭に被せられた医療用ネットを眺めながら娘が言う。

「使う人もいないんだし、被せたまま棺に納めたらどうかしら」

「そうねぇ」

頬に手を当て、夫の枕元に鎮座するそれに目を向けた。

カツラであった。

隠してこそいなかったものの、普段人前ではカツラを外したことがない夫である。

周囲は知っていたのでこのままでも構わないといえば構わないが、死出の旅路を平素と違う姿で送り出すのも忍びない。

身支度はきちんと調えてやるべきだろう。

そう決めはしたものの、他人の頭にカツラを着けてやったことなどただの一度もない。ましてや相手は夫とはいえ物言わぬ遺体である。都合よく頭を持ち上げてくれる訳でもない。

娘と二人で悪戦苦闘し、何とか整えてやったものの。

「あらやだ」

分け目が妙に不自然である。メイドさんではあるまいし、これではまるで女性の装身具であるヘッドドレスだ。

「お父さんたら、可愛くなっちゃった」

できあがったそれに娘と顔を見合わせて、つい笑った。

その刹那、プラスチック製の電灯の笠が落ちてきて私の頭にスポンと嵌《は》まった。

時代劇などで見る三度笠のようである。

「ぶっ」

堪らず、私の顔を見て娘が盛大に吹き出す。

――あっはっはっはっは。

その途端、部屋中に夫の朗らかな笑い声が響いた。

夫は大変剽軽《ひょうきん》な人で、いつも周りを和やかに笑わせていた。

家族の不器用さを、きっと見かねたのだろう。

吊り下げ式照明である電灯の笠は、天井の引掛シーリングからアダプタを引っこ抜かなければ取れない。笠だけが無傷で下に落ちることはまずないのだ。

娘と二人、声を立てて笑った。笑いすぎて、涙が零れた。

「やだ、もう、お父さんたら」

目元を拭いながら娘がカツラに手を伸ばす。今度はちゃんと納まった。

いちごの香り

まだ三歳の誕生日を迎えたばかりの真琴さんが肺炎で亡くなった。いちごの大好きな子だった。

葬儀を終えて暫く経った。悲しくても前を向かないといけない。娘の荷物も少し整理しなくては。そう思ったお母さんは、娘の服が入っている箪笥代わりのプラスチックケースを開けた。

ふわりと瑞々しいいちごの香りが立ち上った。

お母さんは涙が溢れてしまい、もうそのケースを開けていられなかった。

四十九日を境にプラスチックケースからいちごの香りはしなくなったが、今も時々部屋にふわりといちごの香りが漂うときがある。

そんなときには帰ってきたのかなと嬉しくも寂しい気持ちになるという。

地蔵

勤めているコンビニは背後に線路が通っていて、大きな通り沿いにある。

駐車場脇の踏切前には地蔵があって、ここで待ち合わせるときには必ずと言って良いほど目印にされるのだが、人によっては見つけられないこともあるらしい。

「あんな大きい地蔵、見つけられないのがおかしい」

目印に使ったほうはそう言い、見つけられなかったほうはすぐさま反論する。

「あんな小さいの、見つけられる訳ないだろう」

地蔵は四十センチ程度だろうか。人によって多少の感覚の違いはあれど目立つというほど大きくもないし、見つけられないほど小さくもない。以前来たときは子供くらいだったのに、次に見たときはその半分もなかった、と首を傾げていたのは誰だったか。

加えてこの地蔵、場所を移動したりもするようだ。

設置場所から大きく離れることはないが、駐車場の奥であったり手前であったり、目撃される位置が変わることが多々あるのだ。

そういう訳で、付近のちょっとした七不思議の一つとなっていた。

「あれ、ウチのおばさんが事故に遭ってから建てられたんですよね」

そう言うのは今年入った高校生のアルバイト君だ。

学校帰りに撥《は》ねられた、という。遮断機の事故であった。

彼の祖母はその地蔵が建立されてからというもの、余程のことがない限り毎日のように地蔵の元に通った。花を飾り、菓子を供え、甲斐甲斐しく世話をした。愛おしそうに我が子の名を呼び掛けながら。

そうやって数十年、欠かすことなく通い続けていた。このコンビニができてからは、お供え物の菓子をここで購入しているというので、自分にも馴染みの老女である。

そうこうしているうちに周囲が気付いた。地蔵が大きくなっている。それも一時《いっとき》に大きくなったのではなく、長い年月を掛けて少しずつ。

最初は三十センチあるかないかの小さいものだったのが、最近では小学生の子供くらいにまでなっていた、とは付近に住む人の弁である。

尤も近所に住んでいるかいないかというのも多少は関係あるようで、隣町から車通勤の自分は四十センチほどにしか見えないから、近隣住民とは認識の差があるのかもしれない。

そんなある日、店舗の外回りを掃除していて違和感に気付く。

——え、一回り縮んでる？

遠目に見えた地蔵が妙に小さく思えた。見るたびに少しずつ縮んでいるような気がする。思えば、最近バイト君の祖母の姿を見ていない。何か関係しているのだろうか。

そんなことを思いながら、二十二時までの勤務を終えて外へ出る。

出入り口の前に、彼の祖母がいた。

どうやら自分の勤務時間に会わなかっただけのようだ、と少しほっとした。

ただいつもと違って赤いランドセルを背負った、おかっぱ頭の女の子を連れている。そういえば、バイト君には歳の離れた妹がいたはずだ。

〈お祖母さん、店に来てるよ〉

スマホでグループトークアプリを開いてバイト君にメッセージを送る。

すぐに既読が付いて「?」の一文字。

〈誰のお祖母さんっすか?〉

〈君の。妹ちゃん連れてきてるけど、小学生? ランドセル可愛いね〉

そうメッセージを送ると、既読は付いたが次の返事までにやや間が空いた。

〈妹、幼稚園っす。それにもう寝てるっす〉

そのメッセージにハタと気付く。こんな時間にランドセルを背負ったままの子供を連れ歩くのは不自然だ。夕方ならまだしも。

〈今日、おばさんの命日だからっすかねぇ。ばあちゃんも、もうすぐ四十九日だし〉

続けて綴られた言葉に目を瞠《みは》る。彼の祖母はひと月以上前に亡くなっていた。

世話をする人がいなくなったせいなのかどうなのか、日に日に地蔵は小さくなってきている、とのこと。実際、自分が見ても少し小さくなったように思う。今後この地蔵がどう変化するのかは分からないし、確かめる機会もなくなるだろう。

先日、このコンビニの移転が決まった。もう「地蔵が目印」ではなくなるのだ。

駐車場脇で、地蔵は老女によく似た柔和な笑みを浮かべている。

狩人の像

ある日、松井さんの祖父がネイティブアメリカンの木像を貰ってきた。

全高二メートル近くある巨大な狩人の像である。狩人の背中に獲物を背負った姿だ。以前は艶《つや》やかに磨かれていたのだろうが、家に運ばれてきたときには煤で薄汚れていた。

祖父に訊くと、閉鎖になるドライブインのオーナーから無料で譲り受けたとのことだった。家族の誰もが、何故相談もなしにこんなに大きなものを貰ったのかと訊ねたが、祖父は頑として理由を話さなかった。

しかも祖父はその像を玄関に据えた。帰宅してドアを開けると、まずその像と対面することになる。これは不評だった。玄関に入った瞬間に射すくめられる感じを受けるのだ。

家族全員が反対したが、祖父は頑として譲らなかった。

「こうじゃなきゃダメなんだ」

そう言って誰にも手を出させようとはしなかった。

松井さんの家は祖父母の住む家と同じ敷地に建っている。

今までは松井さんが毎日祖父母の様子を見に寄っていたが、それ以来足が遠のいてしまった。玄関の像が怖いからだ。用事があるときにもわざわざ庭まで回る。

ある日気が付くと、祖父母の家から何かよく分からない話し声が聞こえる。明らかに日本語ではない。最初はラジオかとも思ったが、どうやらラジオやテレビではなさそうだった。音の出元はあの像が据置かれた玄関だ。

そして半年後に祖父が脳梗塞で倒れた。辛うじて一命は取り留めたものの、半身に麻痺《まひ》が残り、会話も不自由になった。祖母と母が祖父の介護をすることになった。

ある日、松井さんは思い切って祖母にもあの声が聞こえるかを訊ねることにした。

「ねえ、最近この家の玄関から変な声が聞こえてくるんだけど、おばあちゃん聞こえる？」

そう訊ねると、祖母は声を潜めた。

「玄関のあれが独り言を話しているんですよ。あたしも怖くて玄関に近付けませんよ」

祖母はそう言って悲しそうな顔をした。そして俯いて諦めたような口調で言った。

「あたしらが死ぬまでの話だから、ずっとこのままなんでしょうけどねぇ――」

そして祖母はそれから二カ月と経たずに肺炎で亡くなった。あっという間だった。

春になり、松井さんは大学院進学のために、一人暮らしを始めることになった。

両親には悪いとも思ったが、何よりもあの像から離れられるのが嬉しかった。

夏になる頃、母親に癌《がん》が見つかった。母は入院し、手術を受けた。母が退院する頃に、今度は急に容体が変化して祖父が亡くなった。葬儀のために帰ると、母も父も酷くやつれていた。

聞けば祖父は亡くなる直前に、あの像を動かしてはいけないと繰り返し言ったという。そこまで聞いて松井さんはこのままではいけないと確信した。

「あの像、どうするのよ！」

両親に訊いても、歯切れが悪い。捨てるとも手放すとも言わない。

「捨てようよ。あれ古道具屋さんとかに引き取ってもらおうよ。おじいちゃんもおばあちゃんも、あれが来たから死んじゃったんだよ。このままだと皆死んじゃうよ！」

リサイクルショップに連絡し、見積もりを取ることにした。業者はすぐに来たが、像を見るやいなや首を振った。

「ああ、これですかぁ。困ったなぁ。これは引き取れないんですよ」

理由を訊いても教えてくれない。すいませんの一点張りだった。

結局どの業者に言っても、引き取ってくれない。大型ゴミに出そうにも、重すぎて家族では動かせない。だから今でも玄関にその像を置いたままにしている。

主の定位置

実家住まいの三角君の部屋には主《ヌシ》がいる。

母が通販で買ったという人形で、薄いピンク色のヤギかアルパカ……羊かもしれないが、眠そうな目をした触り心地の良さそうな、枕ほどの大きさの〈だきぐるみ〉である。

緩めに詰めた中綿のおかげか、クッションよろしく家のソファや椅子に座らされていたが、いつの頃からか三角君の部屋の座椅子が定位置になった。

三角君が座椅子を使うときは入れ替わりにパソコンデスクの椅子に座ってもらったり、新しく買ったカメラやスマホの試し撮り用の被写体になってもらったりと、何だかんだで可愛がっていた。ただ、いつの間にか見かけなくなった。


そんなある日、三角君は強烈な腰痛に見舞われた。

ズンときて、それから疼々《とうとう》と痛い。

寝違えた訳ではないし、筋肉痛でもない。

「ぎっくり腰なんじゃないの？」

と母は言うが、重い物を持った記憶はない。

ただ、ぎっくり腰というのは何もしなくてもなるときはなる。何なら風が吹いたってなるし、寝返りを打っただけでもなるし、バイクで信号待ちをしていたってなるものだ。

だが、そのいずれにも心当たりがない。湿布を貼ってもマッサージ器を試しても効果はなく、身体を捩《よじ》ると治まりかけた疼痛が激痛に変わる。

生まれてこの方、腰痛というものを経験したことはなかったが、腰痛、特にぎっくり腰は甘く見て放置すれば治るどころか癖になるとも脅された。

安静にしていればと思ったが一向に良くならないので、これはいよいよ病院の世話になるかと覚悟を決めた。

そんな折、三角君はちょっとした探し物をしていた。

大したものではないのだが、先だって部屋を片付けた後くらいから見失っていたので、恐らく物置の何処かだろうと見当を付け、痛む腰を擦りながら扉を開けた。

そこに、件のだきぐるみがいた。

というより、キャスター付きのスーツケースと積み上げた段ボールの隙間に落ちて、腰を捻るような不自然なポーズで引っ掛かっている。

そういえば、そうだった。部屋の掃除の邪魔にならないよう一時的に避難させたんだった。そして、そのまますっかり忘れていた。

そのときは箱の上に座らせておいたはずだが、何の弾みか隙間に落ちてこの姿勢になったらしい。いつからこの姿勢なのかは分からないが、何とも腰に悪そうで今の三角君には他人事には思えない。

いや、むしろ――。

こいつを定位置に戻してやればいいのではないか。

三角君は、部屋の主をいつもの座椅子に座らせてみた。


この日を境に腰痛はピタリと止んだ。

土偶

渋谷さんが近所に家を建てるための土地を買ってから、半月程の間に不幸が続いた。

まず祖母が亡くなり、母親が転んで大腿骨を折り、買ったばかりの車は貰い事故で廃車になった。当て逃げされて犯人は見つからない。

——どうしてこんな不幸が続くんだろう。買った土地のせいだろうか。

すぐにでも家を建てようと思っていたが、バタバタしていてそれどころではない。

悲しかった。せめて買った土地に犬を散歩させに行こう。そう思った渋谷さんは、犬にリードを繋げて散歩に出かけた。

現地に行くと、犬がやたらと吠える。そして一点を一心に掘り返し始めた。

同時に渋谷さんに向けて何度も吠える。

渋谷さんも一緒になって、糞処理用のスコップで土を掘り返し始めた。

暫く続けたところ、〈カツン〉と硬いものが当たった。掘り出すと土偶だった。

どうしようと迷っていると、土偶の目がカッと光り、粉々に砕け散った。

それ以降不幸は止んだ。家も無事建ったという。

三脚

川崎さんがお盆に富山の親戚とともに墓参りに行った墓地は、斜面に作られていた。上のほうにある親戚の墓からは、墓地全体を見渡すことができた。

富山の墓は二メートルを超える大きさのものも珍しくない。錚々《そうそう》たる立派な墓が幾つも並ぶ一角に、不思議な光景が展開されていた。三つの墓の上に脚を乗せるようにして、巨大な三脚が設置されていたのだ。川崎さんは映像関係の仕事もしている。写真を撮るにしろ、ビデオを撮るにしろ、墓の上に三脚を設置するというのは聞いたことがない。罰当たりなことである。

親戚が墓参りを済ませたので、川崎さんもそのまま立ち去ろうかと思ったが、その三脚自体が大きすぎることに気付いた。振り返って確認してみると、脚の長さが二メートル以上ある。しかも三脚にボロ布を被せ、お面を被せたような姿をしている。つまり、撮影用のものではない。

「あそこに変な三脚あるよね、あんなの見たことないんだけど」

「え、何処？」

「お墓に乗っているでしょ」

「何もないよ」

ほら、あそこ——そう言おうとしたときに、その三脚はすっと姿を消した。

川崎さんはその夜から四十度を越える高熱を発し、救急車で緊急搬送された。


彼はこの体験をある怪談会で話した。すると、同じようなものを見たことがあるという女性が現れた。

「あたしの場合は高速道路で見たんだけど、やっぱり同じような感じだったよ」

事故を起こし、現場検証を受けている車のボンネットに、同じような三脚が立っていたのだという。事故の規模から、恐らく運転手は即死だったたと思う。彼女はそう言った。

「あれ、あたしは死神だと思ってたんだ」

そう言われて川崎さんは例の墓地について調べ始めた。すると、その墓地は数年前に台風で土砂崩れが起き、墓自体が幾つも流され、多くの墓が今も再建できないままということが分かった。

繋がりは分からない。分からないが、確かに死に関係するな——そう感じた。

それから数年後、別の怪談会で同じ話を披露した後で、川崎さんは帰り道で一人の参加者から呼び止められた。

「あの話をもっと詳しく教えてくださいますか——」

そうは言われても、川崎さんにもそれ以上のことは分からない。既に高速道路で見たという女性とも縁が切れてしまっている。そう告げると、参加者は残念そうな顔を見せたが、次にこう言った。

「うちの父親が死ぬときに出たのと、凄くよく似ていたので、もしかしたらって思ったんですよ」

彼の父親は末期癌で、最後の数週間を自宅で過ごすことになった。父親も家族も自宅で看取《みと》ることを望んだためである。

それ以来、レンタルの電動ベッドの上に、三脚が現れるようになった。やはりボロ布を巻いたような姿で、お面を付けていた。

「ベッドに憑いていると思っていたんですが、どうも違うみたいですね」

やはり死の臭いがするところに現れるのか。

川崎さんは何も答えることができなかったという。

お城のある公園

青森の城下町。

とある公園で、毎年盛大な桜祭りが行われている。

伊藤さんは友人達数名とその祭に赴き、花も団子も楽しんでいた。

「あら、ちょっと失礼」

伊藤さんは、用を足そうと最寄りの公衆便所へ向かった。

見つけた公衆便所の前には、男児が一人、何処かの出店で買ったのであろうプラスチック製の小さな刀を振り回して遊んでいた。

公衆便所の前にもたくさんの人がいた。

男児の保護者は、その辺りにいるのだろう。

つつがなく用を済ませ、外に出た。

男児は相変わらず刀を振り回していた。

そして、男児の横には鎧《よろい》を着たざんばら頭の男が立っていた。

「その刀、儂《わし》のだ。返せ」

鎧の男は、一方の手を男児に差し伸べ、そう言った。

子供は鎧の男の言葉を無視して、遊んでいる。

「なあ、返せ。儂のだ」

男は困り果てたような顔でもう一度言った。

「あんた！」

伊藤さんは鎧の男を制しようと声を上げた。

「儂のだ……」

鎧の男はほとほと疲れたような表情で伊藤さんを一瞥すると、その場にバタリと倒れ、地中に沈んでいった。

走る

公彦さんが東京駅内のホテルを内装工事していたときの話である。

「俺もう嫌ですよ」

一人の作業員が弱音を吐いた。

訊けば作業中に誰かが背後を走り抜けるのだという。

現場には機材や一斗缶が積まれている。電動工具を使うため床に配線も広がっているので、慣れた作業員であったとしても現場で走ることはない。

「——お前も見たんか」

現場監督が言った。

彼以外にも作業員の多くが背後を何者かが駆け抜けるのを感じていた。

「作業員じゃないよな。メットも着けてないし」

エレベーターの前辺りで作業をしている者の目撃報告が特に多い。

男性も女性も目撃されていた。どの人も現代のものではない服を着ており、例外なく全力疾走しているのだという。

警備員室

ショッピングモールの警備員は、終業後に閉店業務としてシャッターを下ろし、最終的にその日の報告書を書くことになる。

植田さんの勤めるショッピングモールは裏口近くに小部屋があり、そこが警備員室になっている。

警備員室から廊下に向かっては嵌め殺しのガラス窓で仕切られており、一部に受付用のスライド式窓口がある。

植田さんは誰も通らない廊下を眺めながら、報告書を書き上げつつあった。

そのとき、コンコンとガラスを叩く音がした。目線を上げると、目の前に二人組の中年女性が立っていた。

終業から随分時間が経っている。しかし何か問題があったのだろう。

スライド窓を開けて訊ねた。

「何かありましたか?」

女性の一人が無言のまま、ぐいぐいとスライド窓に首を突っ込もうとしてきた。

「す、すいません！　そこから首は入れないでください！」

異様な気配に戦《おのの》いて、植田さんは窓ごしに大きな声を上げた。

「あのね、忘れ物をしたんです。赤いバック。今から取りに行ってもいいですか？」

女性は顔をスライド窓に押し付けたままそう言った。

今日はバッグの忘れ物は届いていない。

「ええと、落ち着いてください。今日ですか？　今日何処で忘れましたか？」

そう声を掛けて気が付いた。女性の首から下がないのだ。

生首が警備員室に入ってこようとしていたのだ。

唖然としていると、すっと消えてしまった。

ハタと気付いた。女性はもう一人いたはずだ。廊下を確認したが、もう一人の女性はいなかった。二人揃って消えてしまった。

そもそもこの時間に誰が警備員室に案内したのだ。

――この世のもんじゃねぇな。

窓を確認すると、女性の首が入り込もうとしていたスライド窓の周囲は、女性の顔の形に、べったり脂が付いていていた。

裏拳

　瞳さんは一時期毎晩のように金縛りに遭っていたという。

　心霊現象などは信じないタイプなので、金縛りに遭っても、疲れているんだなとしか思わないでいた。

　ある夜、友達が遊びに来て、そのまま泊まっていくことになった。

　朝起きると、友達は真剣な顔で瞳さんに言った。

「あなた、金縛りとかに遭ってない？」

　確かに金縛りには遭っていたが、そんなに酷い顔をしていたのだろうか。

「夜中にあんたのほうを見たら、胸元に凄い形相した生首がいたのよ。あんたも苦しそうだったんだけど、不意にあんたの腕が動いたと思ったらさ——」

　一体何があったというのだろう。

「——あんた、その生首に裏拳叩き込んでたのよ」

　裏拳を叩き込まれた生首は、砂粒のように細かく爆《は》ぜて消えたのだという。

空き巣狙い

熟睡状態から、いきなり完全覚醒した。

「またか……」

間島さんは時折そういう目覚め方をする。頭は瞬時に冴えてしまい、意識は明確なのに身体のほうは動かない。所謂レム睡眠の状態にあるため、脳は覚めていても身体のほうが眠ったまま——と、そのように説明されるアレだ。

が、脳だけが活発に動いて夢を見るというのとは違って、間島さんの場合、明確に目も覚めてしまう。

そして、こういうときは大抵見なくていいものが見える。

冴えた頭で天井を仰ぎ見ると、そこに女が張り付いていた。

白い着物に長い黒髪。

天冠こそないものの、恐らくは死に装束なのであろう。天井に張り付いているのだから、生きた人ではなかろうし、なればあれは〈そういうもの〉なのであろう。

「またか……」

夜中に瞬間覚醒〈させられる〉ときには、時々こういうものが現れた。

だからそのことには驚きはなく、どちらかといえば少々うんざりしていた。

が、女がワッと近付いてきた。

「わっ……！」

ぶつかる！　これまでに経験したことのない不意打ちに、さすがに驚いた。

思わず目を閉じ、女に激突する衝撃を覚悟した。

だが、数秒待っても何も変化が起きない。

またか。また、幻覚か何かを見せられたか。

恐る恐る目を開けてみると、目の前に天井があった。

「わっ！」

押し潰される！　これには驚いた。鼻先が天井板を擦るほどの近さだ。

天井が落ちてきたのか――泡を食った間島さんは、どうにか脱出しようと動かぬ身体を捩《よじ》らせた。そのとき見えた自分の背後の様子に、三度驚いた。

「わっ！」

自分の真下に自分がいた。

数メートルほどの高さから自分の部屋を見下ろしている。さっきまで自分がいたはずのベッドに自分が――自分の身体が横たえられていた。

ここで漸《ようや》く、天井が落ちてきたのではなく自分が天井近くまで引き上げられたのだ、ということに気付いた。

そして部屋の隅には、先程天井に張り付いていた死に装束の女がいた。

女はベッドに横たわる間島さん――恐らくは今、もぬけの殻になっているであろう、空き家になった間島さんの身体をジッと凝視している。

取られる。盗られてしまう。

そんな気がした。

「ちょっと、ダメ！」

思わず目を瞑った。同時に、ヒュッと身体が落ちる墜落感があった。

トスッ――という軽い衝撃の後、目を開くと、天井はいつもの高さにまで遠のいていた。

ベッドの上、つまり自分の身体に戻れたようだ。

そうだ。あの女は。

身体を起こして振り返ると、死に装束の女は部屋の片隅にある暗がりの中に、身を翻《ひるがえ》して消えていくところだった。

未来予知

祐介さんの姉は、子供の頃から疳《かん》が強かった。その姉が二十二歳、祐介さんは十九歳のときのことである。

金曜の夜に家族四人揃って夕飯を食べていると、突然姉が椅子ごと横に倒れた。ぴくぴくと引き攣っており、瞼の辺りも痙攣《けいれん》している。すわ救急車とも考えたが血色は普通である。鼾《いびき》を掻いている訳でもない。単なるめまいか貧血かもしれない。

家族三人で姉を囲って様子を窺っていると、姉は一分程度で目を開けた。両親はほっとした様子で、しきりに大丈夫かと声を掛けた。

「うん。大丈夫たい」

アクセントがおかしい。テレビで見かける、長崎出身のタレントのアクセントを思い出した。長崎弁だろうか。

「酒。酒。酒ばくれんね」

「何言ってんの、ご飯の時間でしょ」

「ばってん酒ばくれんね」

姉は長崎出身の男性を演じているらしかった。しかし演技だったとしても迫真の演技である。

母はその迫力に圧されたようで、冷蔵庫からビールを取り出してきた。

祐介さんの家族は長崎とはまるで関係がない。

姉はよく聞き取れない声で色々言っていたが、姉が受けを狙ってやっているのだろうと、祐介さんは相槌を繰り返した。途中で祐介さんは中座したが、両親は結局三時間に亘って姉の晩酌の相手をさせられた。

姉は普段朝方まで起きているのだが、夜の十時を回った頃にぱたりと寝てしまった。


翌朝も、姉はまだ昨晩のことを引き摺っていた。

「もういいよ、そういうの」

「何にゃ、わい」

手が付けられない。家族全員放っておいた。飽きて気が済んだら治るだろう。

祐介さんがスポーツ新聞を読んでいると、横に姉が来た。

「なんばしよっと」

「あ。まだやってんだ」

そう言うと、姉は難しい顔をした。そして長崎弁で訴え始めた。

俺は長崎から来たと言っているだろう。何故俺のことを信じないのだ。

どうして酒も出さないのだ。客人には酒を振る舞うくらいのことはするべきだろう。この家族はどうなっているのか。常識がないのか。

一方的な訴えに祐介さんが姉の名前を出すと、変な名で呼ぶなという。

それならお前はお化けか。姉に取り憑いてるのかと訊いても、それも違うという。

祐介さんは頭に血が上って言った。

「お前さ、信じてもらいたかったら、競馬はどうだ。競馬は分かるよな。どれとどれが来るか言い当ててみな。そうしたら信じてやるよ」

姉は新聞の馬の名前をちらりと見ると、二頭を選び出した。

祐介さんは場外馬券場に足を運び、その馬券を買った。不人気馬だった。

しかし、レースが終わると祐介さんは血の気が引いた。姉の指定した馬券が的中していた。万馬券である。

家に戻り、レースの結果を姉に告げると、姉はもう普段通りの姉に戻っていた。

姉はその間のことを何も覚えていない。

白髪交じりの老人

ある日のこと、都内でOLをしている安藤さんは同僚から声を掛けられた。ちょっと彼に会ってほしいという要件だった。それでは近所のファミレスで会いましょうということになった。

約束の時間に店に行くと既に同僚は待ち構えていた。

彼女が紹介してくれた彼氏を見た瞬間に、安藤さんは鳥肌が立った。彼氏に覆いかぶさるようにして、白髪交じりの老人の上半身が見えたからだ。

ああ、この老人はこの世のものではないと直感した。安藤さんには子供の頃からそういう体験が度々あるのだ。

同僚とその彼氏と話をしていても、肩口からぶら下がるようにしている老人のことが気になって仕方がない。

——これははっきりと言わなくちゃ。

意を決して「あのね」と言い出そうとした瞬間に、老人が顔を上げた。安藤さんと目が合った。老人はぶら下がっていた右手を持ち上げると、人差し指を口の前に持っていき、口を尖らせた。

「シー」

黙っていてくれ、というサインである。

安藤さんがどうしようどうしようと迷っていると、次に老人の右手がすっと開き、「お願いしますよ」とでも言いたげに顔の前で手刀を切る動作を繰り返した。

結局安藤さんは老人のことを言えないままだったという。

ゴミ

小島君はゴミ収集の仕事をしていたことがある。

「うわ」

「ひえ」

「ううう」

ゴミ袋の中に人の顔がある。

それもしょっちゅう。

見間違いではない。その証拠に、先輩に報告すると、

「お前もそういうタイプか」

と言われた。

我慢してパッカー車にゴミ袋を放り投げる。

結局我慢できなくなり仕事を辞めるまで、一週間も掛からなかった。

ビンゴ

橋本は若い頃、訳あってホームレスをしていた時期がある。

理由は伏せるが、いかんともし難い状況だったそうだ。

元来、タフなせいか、それとも覚悟が決まっていたせいか、存外ホームレス生活は苦を感じなかった。

賑わいのある繁華街のゴミ箱よりも、人気のない街の割烹《かっぽう》料理屋、廃品管理のずさんなパン屋、コンビニのゴミ袋などに新鮮な食物がたくさんあった。

住処こそないが、奇しくも食生活はかつてより充実してしまう。

慣れてくると、勘が冴えてきたのか、店構えとゴミ箱を見るなり、ここにある、ここにはない、と当たりが付くようになった。

ビンゴ、刺身。

ビンゴ、肉まん。

時には、得た食物を消化しきれず、再度捨てに行くこともあった。

そんなある日、とある住宅街で、電柱の下にあったゴミ袋にピンとくるものを感じた。

近くに飲食店は見当たらなかったが、そこはお得意の〈勘〉。何かありそうな雰囲気がそこから漂っていたのだ。

近寄り、結わえてあった黒い袋の口を解くと、中には小さな猫の死体が三匹入っていた。うへえ。参った。散らかしては悪いと再び袋の口を結び、その場を離れた。

それ以降、勘に狂いが出た。

というのも、確かに今まで通りに食品を見つけることができるのだが、結構な頻度で動物の死体が入った袋を当ててしまうようになった。

ビンゴ、カレーパン。

ビンゴ、ヨーグルト。

足の折れた犬の死体。

ビンゴ、スペアリブ。

ビンゴ、三色弁当。

目玉の飛び出たインコの死体。

動物の死体は住宅街のゴミ捨て場にある。

開けなきゃいいのに、何故か近寄って開けてしまう。

調子が完全に狂った。しかし、社会復帰するには気持ちが定まらない。

橋本がホームレス生活を止め実家に戻ったきっかけは、気が滅入る日々の中、〈開けたいけど、開けたら絶対にいけないような気がするゴミ袋〉を見つけたことだった。

そのゴミ袋を見るなり、橋本は走って逃げた。

袋の中身は考えたくもなかった。

公衆トイレ

大阪での話。

厚木さんは残業の後で疲れた身体を引き摺りながら、家に向かって歩いていた。

広い公園を抜けていくときに、急に尿意を催してしまい、公衆トイレに駆け込んだ。

小便器の前に立って用を足し終わってほっとした。ズボンのファスナーを上げていると、背後からがっと尻を鷲掴《わしづか》みにされた。尻肉に指が食い込む感触。

突然のことに、驚いて振り返った。

誰もいない。

え、今のは何だ。首を傾げながら家に帰った。

横向きになって寝ていると、不意に背後から人の気配を感じた。

寝返りを打つと、そこにあごひげを生やしたタンクトップの筋肉ムキムキ男がいた。

厚木さんは飛び起きた。

何て大胆な不審者だ。

「おい、何か言えよ！」

「……お兄ちゃん、いいお尻してるね」

不審者はニヤニヤ笑いを浮かべている。

「気持ち悪いこと言うんじゃねぇよ！　俺は男だぞ！」

すると、不審者は片方の口の端をクイッと釣り上げて言った。

「……男だからいいんじゃねぇか！」

「止めてくれよ！」

叫び声を上げると、男はすうっと消えた。

今の今まで不審者だと思って対応していた厚木さんは、唖然とするしかなかった。

後日、同僚にその夜のことを話した。すると同僚は呆れた顔で言った。

「お前さぁ、あの公園のトイレはな、俺達の間じゃハッテン場として有名なトイレなんだぞ」

枕

小田さんは一時期アイドルをしていた。とはいえ誰でも知っているような一流のアイドルではない。雑誌のグラビアや地方のテレビタレントとして活躍していた。彼女は学生時代から器量が良く、スカウトされてアイドルとなった。だが競争が激しい世界である。なかなか日の目が当たらなかった。もちろんスケジュールは殆ど埋まっていない。

あるとき、いつものように事務所に行くと、マネージャーに声を掛けられた。

「いい話が来たよ。地方のテレビに出てるのが、大手テレビ局のプロデューサーの目に留まったんだ。君のことを凄く気に入ってくれたみたいで、全国のテレビの仕事で使いたいとも言ってきている」

小田さんの顔がパッと明るくなった。対してマネージャーの顔は暗い。

「ただ、それには条件があって、二人きりで話がしたいと言ってきている」

そうマネージャーは続けた。

「先方は、都内のあるホテルに予約が取ってあるから、その部屋で待っていてほしいと指定してきているんだ。小田が嫌だったら断ってもいいんだよ」

つまり、プロデューサーと一晩過ごせば仕事が得られるということだ。

所謂、枕営業である。

マネージャーからすれば、このチャンスを掴んで、一気に全国レベルのアイドルになってほしいという気持ちはある。しかし、本人がどうしても嫌だというのであれば、それを境に心理的にバランスを崩しかねない。無理強いはできない。

小田さんにも色々と思うところはあったが、やはりアイドルとして全国を舞台に活躍したいという夢がある。これが最後のチャンスかもしれない。

その話を受けることにして、指定された日に予約されているというホテルを訪れた。

フロントに伝えると、鍵を渡された。

部屋に入ると電気も消えている。プロデューサーはまだ来ていないということだろう。

そもそもフロントが二本目の鍵を後から来た人に渡すことはないはずだ。

プロデューサーの容姿はマネージャーに聞いてはいたが、写真は見ていない。

仕方がないのでベッドに座って待つことにした。内心複雑な気持ちである。

しかし約束の時間を過ぎても誰も現れない。小田さんは不安を覚え始めた。

そのとき、バスルームのほうからカチャリとドアが開く音がして、腰にバスタオルを巻いただけの、でっぷりとした中年男性が現れた。髪がバーコード状になっている。趣味の悪い整髪料の臭いがした。

――あ、プロデューサーの方、もう来ていらしたんだ。

入室した時点では、バスルームの電気は点いていなかったはずである。

え。電気も点けずにお風呂に入っていたのかしら――。

不思議に感じながらも挨拶をした。彼は小田さんのことをまじまじと見ると、満面の笑みを浮かべて話を始めた。小田さんのことを地方のテレビ番組で見かけて、一目で気に入ったのだというような話をしてくるが、小田さんの耳には半分以上届いていない。

浮かんでくるのはこのプロデューサーに対する生理的な嫌悪感だけである。

「まぁ、汗もかいただろうし、いいからシャワー浴びてきなさいよ」

男性はそう言って、ニタニタ笑いを浮かべた。

「――お言葉に甘えて入らせていただきます」

小田さんは立ち上がり、逃げるように脱衣所に入るとドアを閉めた。

覚悟も決めて来ている。これから大舞台に立つために必要なことだと割り切っている。

しかし気を緩めると涙が出そうになる。様々な思いを断ち切るようにしてシャワーを浴び、バスルームから出た。しかし、部屋には誰もいなかった。

何か急用でもできたのだろうかとも思ったが、気になったのは、彼が暗い脱衣所からバスタオルを巻いただけの姿で出てきたことである。脱いだ服も部屋にはなかった。

あの人、服とかどうしていたんだろう。そのままの格好で帰った訳じゃないよね……。

そう思っていると、彼女の携帯に小田さんのマネージャーから電話が掛かってきた。

「ちょっと、大変なことになって。今日はそっちのホテルに行かなくていいから」

「どうしたんですか。もうホテルの部屋なんですけど……」

「例のプロデューサーさんが倒れられて、搬送先の病院で亡くなったんだよ。いいからすぐチェックアウトして帰ってきて」

電話を切ったが、小田さんは混乱していた。それでは今の男性は何だったのだろう。

マネージャーの指示通り、すぐに事務所に戻った。

「君のことを気に入ってくれて、一晩過ごせるのが相当嬉しかったのか、バイアグラを飲んだらしい。その直後に胸を押さえて病院に搬送されて、そのまま亡くなったそうだ」

マネージャーはそう言うと、小田さんにプロデューサーの写真を見せた。

そこにはホテルの部屋で会ったバーコード頭の中年男性が写っていた。

チェンジ！

その日は給料日の金曜日。松田さんは池袋で同僚と呑み、気が付いたらお店は看板、終電も逃していた。

――このまま帰りたくないな。懐具合も良いし。

そういえば、都会ではホテルから電話をすると、わざわざ部屋までやってきてくれる女性がいるらしいぞ。そんなことを思いながら携帯で色々と調べあげた。そしてある店をチョイスして電話をした。

暫くすると、大変良い方がいらしてくれた。

色々いたした後に、松田さんは満足してそのまま寝てしまった。

ふと夜中に目が覚めた。起き上がろうとしても起き上がれない。左右を見ると、ベッドから手が生えて、両手を掴んで押さえ込んでいる。足も動かせない。

何だこれは。どうしようどうしようと狼狽《うろた》えていると、一つ重要なことを思い出した。

そういえば先程の女性は「春のパンスト祭」を実施中とのことだったので、松田さんは彼女が履いていたパンストをありがたく賜ったのだった。

思い返せば、俺は戯れにそれを履いたのだった。まずいことに、今はそれを下半身にぴったりと身に付け、そのまま寝てしまっているのだぞ――。

どうしようどうしよう。

どん、と腹に衝撃があった。

ふと視線を下げると、腹の上に下を向いた頭部が載っている。女の生首だ。そのつむじが見えた。長い髪の毛がばらりと脇腹に掛かっている。

その生首は、にじるようにしてゆっくりと胸のほうへと移動し始めた。

ずっ。鳩尾《みぞおち》。

ずっ。胸骨。

ずっ。首元。

首のすぐ下に生首がたどり着いた。それがぐぐぐっと面を上げるように起き上がり始めた。

ああ、駄目だ。もうすぐ顔が見えてしまう。こんなものと目を合わせたら駄目だ。

恐ろしさに気を失いそうになった。

そのとき再び松田さんは思い返した。

——ああ、俺は今パンストを直穿きした情けない姿でいるのだ。

明日の朝、ホテルの従業員にこんな姿を発見されたら、それこそ生きていられないではないか。

そう思うと、遠のき始めていた意識がはっきりしてきた。

そこで大声で叫んだ。

「チェンジ！」

その一言で生首は消え、金縛りも解け、動くことができるようになったのだという。

百穴詣

かつて永さんは埼玉県で夜な夜なやんちゃな仲間達と一緒に県内を走り回っていた。今でいうヤンキー、当時は所謂暴走族と言われるような集団である。

興が乗ると、よく仲間内で「度胸試し」に出かけた。心霊スポットや廃墟に忍び込むのである。廃墟のガラスを割り、壁にスプレー缶で落書きをしたこともある。

ある夜、五人のメンバーが度胸試しに埼玉県のとある心霊スポットへと足を運んだ。篤志という男が「あそこは出る」という噂を聞いてきたからである。そこは奈良時代の古墳であり、自治体が公園として整備している観光地である。そこに忍び込もうというのだ。話を聞くと永さんの地元にも近く、道案内もできるということで彼が先頭に立って度胸試しに出かけた。

施設脇の駐車場にバイクを駐める。昼間は観光客が集う公園として整備されているが、夜には雰囲気がガラリと変わる。周囲には人の気配はない。懐中電灯がなければ闇の中である。

歩道を歩いていると、普段から霊感があると豪語する城島が怯えだした。

「ここ、女の子がいるぞ」

仲間内では体格も良く普段は威勢のいい男が、低い声でヤバイよここヤバイよと、怯えたように何度も繰り返す。

しかし永さんも篤志もそれを尻目に小馬鹿にした様子で先に進んでいった。

石畳の歩道を施設の建物へ向かって歩き、チェーンを飛び越えて公園の中に入った。不法侵入である。

さらに公園を奥に奥にと進んでいくと、切り立った崖が見えた。懐中電灯の光で照らすと、そこには幾つもの黒々とした穴が口を開けていた。横穴墓だ。

「ここに出るのかよ」

「雰囲気あるなぁ」

仲間内でそんなことを言い合っていると、離れて最後尾をとぼとぼ付いてきていた城島が声を上げた。

「あなた達、こんなところにいたらいけないわ!」

甲高い女の子の声だった。小学生低学年の女の子に思えた。

永さんをはじめとして仲間は顔を見合わせた。何だ今の声は。城島の声ではなかったぞ。

これはマズイ。逃げよう。早く逃げよう。洒落になってねぇ。

バイクに乗り込み、走り慣れた国道17号線を、まっすぐに走っていく。

だが、途中で篤志のバイクが、急にハンドルを取られたようにふらついた。

――ヤバイ！

篤志の乗るバイクはバランスを崩し、道路脇の電柱に吸い込まれるように突っ込んだ。

ボロ雑巾のようになった篤志は、アスファルトの上を何度も跳ね、中央分離帯に激突してやっと止まった。

仲間が走り寄って声を掛けても返事がない。

携帯で救急車と警察を呼んだ。

残りの三人は地元の人間ではなかったので、すぐにその場を離脱した。

篤志は意識が戻らないまま救急車で運ばれていった。永さんは事故の検証で警察に引きとめられ、明け方まで家に帰ることができなかった。

翌日、永さんは昨晩の事故について、先に帰った仲間にも報告をしようと電話を掛けた。

しかし三人とも揃って電話に出ない。すぐに留守電に切り替わってしまう。

誰とも連絡が付かないまま日が経った。

後日、共通の友人達から、三人は帰宅途中で揃って事故を起こし、二人は死亡、一人は入院したが、いつ出てこられるか分からないのだと聞かされた。

上から来る

王子さんの勤める会社は街道沿いのビルの十階にある。

彼女は昼休みに廊下の窓から街を見下ろしていた。

足元の街道では、バス、コンパクトカー、トラック、ミニバン、マイクロバスと、様々な車種が信号待ちをしている。

その車列の先頭めがけて、上空からスーッと黒いモヤモヤした球体が降りてきた。あたかも巨大な黒い〈まりも〉である。信号待ちの五ナンバーの車幅よりも若干狭い直径。一五〇センチくらいだろうか。

その〈まりも〉は王子さんの目の前を通りすぎ、一直線に先頭の車に吸い込まれていった。

その直後、その車は赤信号を無視して急発進し、ベビーカーを押しながら横断歩道を渡り始めていた女性に突っ込んだ。

ゲラゲラ

池袋サンシャインシティの西側に、所謂「乙女ロード」と呼ばれる通りがある。首都高五号線サンシャイン前から春日通りに至るまでの道沿いで、そんなに長い距離ではない。

ある日、柚木さんは春日通りからサンシャイン方面に向かって歩いていた。

気付くと背後から男性の怒声が聞こえた。振り返ると怒声を上げているのは三十代半ばの男性ビジネスマンである。

柚木さんはその姿を見て硬直した。ビジネスマンは携帯電話を耳に当てながら、凄い剣幕で怒鳴り散らしている。それだけならば稀に見かけることのある光景だ。

しかし足早で歩く男性の上に、阿修羅《あしゅら》像のように三方を向いた顔のある頭が浮いていた。

それは笑っていた。三つの顔がどれも爆笑していた。哄笑していた。下品にゲラゲラと笑っていた。

ビジネスマンは柚木さんの前を通過し、携帯電話に大声で罵声を浴びせかけながら駅のほうへと早足で去っていく。

その頭上で三つの顔は、これ以上おかしなことがあるかといった顔で笑い続けていた。

列に戻れよ

櫻井《さくらい》さんの祖父は富造さんといい、腕のいい鳶職《とびしょく》だった。

当時七十歳に手が届きそうな年齢だったが、池袋の超高層ビルに併設されている商業施設を作る仕事に参加していた。とにかくその工事は人手が足りなかったのだ。

足場作業には慣れていたが、もう年齢が年齢ということで、肉体的負担の少ない軽作業を担当していた。富造さん自身もこの仕事が終われば引退だと考えていた。

その日の富造さんの受け持ちは、コンクリートの芯材となる鉄棒材の束を担いで足場を渡り、次の作業員に渡すというものだった。建設途中の三階の周囲に巡らされた足場は、地上から十メートル以上の高さがある。

長ものを肩に乗せて運ぶ姿は、見ているとヒヤヒヤするような作業だが、きちんとバランスさえ取れていれば、ヤジロベーと同様に安定するという。富造さんにとっては慣れた作業だった。

「そんじゃ、頼んだよ」

鉄棒材を受け取り、一歩一歩慎重に張り出し足場を渡っていく。だが歩き始めて五メートルほどのところで、いきなり荷物を載せていない右肩を掴まれた。

「おい、列に戻れよ」

そう声を掛けられた。振り返ろうとしたが、そのままぐいっと右後方に引っ張られて、富造さんは宙に舞った。

「落ちた！　爺さん落ちた！」

富造さんを後ろから見ていた作業員が大声を上げた。現場は騒然とした。

足から落ちたのか、富造さんの足はおかしな方向に曲がっていた。しかし、うめき声を上げながら富造さんが訴えるのは、右肩の痛みだった。

救急隊が駆けつけ、作業着の右肩の部分を鋏《はさみ》で切り落とした。

痛い痛いと訴える右肩には、真っ黒い手の跡が焼き付くように浮き出ていた。

富造さんはそのまま緊急搬送され、幸い一命は取り留めたが、もう鳶職としては引退せざるを得ない負傷であった。

「列に戻れったって、一体何の列だってんだよ」

亡くなる直前まで、富造さんは事あるごとに櫻井さんにぼやいていたという。

鎖

小島さんのバイト先は池袋の超高層ビルの地下一階にあった。専門店街の一番東側の端にあるおもちゃ屋である。

当時は駅方面に通じる地下街も未完成だったため、終業後に品出しをしてから帰るには、さらに地下深くのフロアにある駐車場を通る必要があった。

その夜は、小島さんが鍵を掛ける係だった。掛けた鍵は自動ドアの隙間から店の奥に投げ入れる。鍵は翌朝社員さんが出社したときに回収するのだ。

先輩達はもう池袋駅方面に移動を開始していたが、少し走ればすぐに追い付く距離である。小島さんは駐車場に通じる階段に向かった。

駐車場フロアは専門店街よりも薄暗かった。ただし二十四時間入出庫できる駐車場である。天井には蛍光灯が点いており、先が見通せないほどではない。

小島さんは先輩達を追ってまっすぐ進んでいく。途中で一本目の通路を横切ったときに、不意に通路の奥から、金属同士が触れ合う音が聞こえた。じゃりんじゃりんと規則正しく音が響いてくる。

守衛さんの鍵の音かと思った小島さんは、挨拶してから帰ろうと歩みを止めた。音のするほうを覗き込むと、通路の先は見通せないほどに暗かった。

するとその暗がりから、革靴のカツンカツンという音を響かせながら、制服を着た男性が歩いてきた。金色のボタンの並んだ黒い制服を着込み、黒い帽子を被っている。図柄は分からないが、帽子の正面には紋章が入っている。警察官だろうか。

だが、腰にはサーベルが下がっている。警察官でもありえない装束である。

男性は小島さんを見ると歩みを止めた。訝《いぶか》しがるように眉間に一瞬皺《しわ》を寄せると、射るような視線を向けてきた。

——殺される。

身が竦んだ。逃げ出したり変な動きをしたら「斬られてしまう」。そう思った。息をすることすら許されないような緊張。

その緊張の中、金属が触れ合う音が男性の背後から迫ってきた。

小島さんは理解した。金属音は鍵束の立てる音ではなかった。金属製の鎖でできた手枷《てかせ》を付けた男達が列を作っていた。彼らの手首の鎖が、歩くたびに規則正しく音を立てるのである。

揃いのカーキ色の服を着込み、手首には鎖、足元は裸足。一言も発することはなく、整然と列を作って歩いている。

まるでこの人たちは囚人だ。

そういえばこの場所は――小島さんは気が付いた。

男達の列は今しがた小島さんが来た方向に角を折れ、先へ先へと歩いていく。それを目で追っている間も、黒い制服姿の男性はジッと小島さんを監視している。

列の最後尾の男達が角を曲がった。鎖の立てる金属音が遠くへと去っていく。

小島さんのほうを向いていた制服の男も、くるりと列のほうを振り返りカツンカツンと足音を立てて列の後に付いていく。


耳をそばだて、音が完全に聞こえなくなったのを確認すると、小島さんは先輩達の待っているはずの池袋駅方面に向けて、逃げるようにその場から走りだした。

穴掘り

「あれ、何やってんだと思う？」

デート中に立ち寄った公園で、豊が公園の中央を指差した。帽子を被ったスーツ姿のおじさんが黙々と穴を掘っている。

おじさんが穴を掘っていると答えると、やっぱりお前にもそう見えるかと返された。

「あのおっさん、ヘルメット被ってるよな」

「あれは山高帽でしょ。スーツ着てるし。何であんな格好であんなことしてんだろ」

「ねずみ色の作業服だろ？」

豊が訊ねてきた理由が分かった。二人見えているものが違う。これはつまり、あれだ。

おじさんはそれから十分程黙々と穴を掘り続け、どうやら頭が隠れるほどの深さになったらしい。

「おじさんの周りに、土ないよね」

そう訊ねると、豊も同意してくれた。

帰りがけに二人で確認したが、やはり地面に穴は開いていなかった。

公園の子

ある夜のこと、舘さんは市営公園の駐車場で、仕事の電話を受けていた。

そろそろ帰ろうというときになって用を足したくなった。

最近は、シャッターを下ろしたり施錠してしまって、夜中に利用できないようにしてある公衆トイレも多い。

周りは真っ暗である。記憶では、ちょうど真向かいにトイレがあるはずだ。舘さんは駐車場から車のヘッドライトをアップにしてトイレを照らした。

そのとき、煌々《こうこう》と光っているライトの真ん中に、チューリップ帽子を被り、青いスモックを着た幼稚園児が映し出された。

道の真ん中に立っている。違和感を覚えたが、尿意のほうが優先だ。

車のライトは点灯させっぱなしで、小走りでトイレに走った。先程の子供のことは気になったが、今は姿が見えない。

舘さんが用を足していると、清掃用具がガラガランと扉の中で崩れた音がした。

驚いて振り返ったが、ブリキのバケツがあるだけ——そのはずだった。

清掃用具の扉の中に、先程の子供がいた。

——何でこいつこんなところにいるんだよ。

親が公園でウォーキングでもしているのだろうか？　子供を連れてきているのか？　こんな時間に？　子供を放っておくのか？

ハンカチを口に銜えて手を洗っている間、その子はずっとそこにいた。

こちらを見ているが、何も言わない。

トイレを出て車に向かおうとすると、その子も付いてこようとする。

周りを見ても親の姿は見えない。

子供はずっと付いてくる。舘さんがゆっくり歩いていると、急に足早にぐるりと回り込み、車の前で足を止めた。

そのまま助手席のドアを開けて、中に入ろうとした。

悪戯をされてはまずい。舘さんは舌打ちした。その音に、子供は動きを止めてジッとこちらを見つめてくる。

「コラァ。ダメだよ。ちょっと車から離れて！　あぶねぇぞ！」

窘《たしな》めると、子供は車から一歩離れた。

「お前、誰かと一緒に来たんだろ。帰らなきゃ駄目だぞ。心配してんぞ！」

子供が頷く。
舘さんは車に乗り込み、エンジンを吹かした。駐車場から公道に出るときに、ミラー越しに子供の姿を確認したが、もう周囲の何処にもいなかった。

車を出して数百メートルほど走らせたときに、助手席から咳き込む音がした。
子供だ。喘息持ちの子供の咳だ。この咳の音はよく知っている。
カーオーディオから流れる曲に咳の音が入っていたという可能性はあるだろうか。
先程助手席に置いた仕事用のファイルを手探りで取ろうとした。
そこに蹲る子供の背中があった。
触れてみた。生ぬるい体温が手に伝わった。
対向車線の車のヘッドライトが車内を照らし出す。
助手席を見た瞬間、顔を上げた男の子と目があった。
笑っているとも、もがいて苦しんでいるとも言えない表情を浮かべている。
対向車が通りすぎ光が消えるとともに、男の子はすっと消えた。
そのすぐ直後に、助手席側から信号無視をした車が突っ込んだ。
舘さんは首を痛め、完全に調子が戻るまでに一カ月掛かった。

R134

堀井が高校時代の話である。やんちゃだった彼は十六歳になるとすぐバイクの免許を取り、仲間とともにツルんでツーリングに出かけるのが常だった。

地元は神奈川県の海沿いである。四人で国道134号線を走っているときに、仲間の一人が急ブレーキを掛けて止まった。

「おい清志、何かあったか？」

「今、子供が飛び出してきたと思ったんだけど――気のせいかな」

気持ちが悪いことを言う。

ちょうど天気も悪くなってきたので、アパートに一人暮らしをしている郁男の部屋に転がり込んで雨宿りをすることにした。

アパートの角にバイクを駐めて階段を上がり、郁男の部屋で四人は麻雀を打ち始めた。

暫くすると、清志のポケベルが鳴った。

「……悪ぃ。彼女に呼ばれたから、俺けーるわ」

「そっか、気ぃ付けて行けよ」

仲間が帰る姿を眺めようと、三人がアパートの二階の窓から首を突き出した。その瞬間、全員が清志の背中に子供がべったり張り付いているのを確認した。

三人は戻ってこいと叫んだが、階下の清志には何故か声が届いていないようだった。清志は勘違いしたのかひらひらと手を振り返すと、そのまま雨の中を走っていった。

「見間違いじゃないか？」

「いや、俺も見えた。あいつ帰りに事故ったりしねぇだろうな——」

悪い予感は的中した。清志は彼女の家に行く途中で事故を起こして入院した。

連絡を受けた三人が見舞いに行くと、彼はふてくされたような顔をして言った。

「あん夜さ、走ってたら子供が手にしがみ付いてきて、ハンドル切れなくなっちまってよ、そんで事故っちまったんだ」

それを聞いた三人は青くなって言った。

「実はそれ俺達も見えたんだ。お前の背中に子供が張り付いていたんだ。お前帰るとき、最後に手を振り返したろ。俺達必死にお前のことを止めようとしてたんだよ」

清志が大怪我したのは、先日子供が飛び出してきたと言って止まったその場所だった。

バシバシ君

「通学の途中で会うんですよ」

場所は都電荒川線のとある駅である。彼女はそこから何駅か都電に乗り、地下鉄に乗り換える。

――あ、またいた。

小学生ほどの年齢の幽霊である。彼はいつも同じ格好をしているのですぐに分かる。最近の小学生が被らないような野球帽を頭に乗せている。

彼はターゲットになる人を見つけると、走ってきて身体によじ登ろうとする。見えない人はよじ登られたことにも気付かない。

その日も同じだった。サラリーマンの肩によじ登り、肩車のような姿で頭の上に陣取った。そして――。

頭をバシバシ叩き始めた。

――まただ。痛くないのかな。

南台さんはそれをされるのが嫌なので、その幽霊の子供を見かけると、来るなと念じながら睨みつける。すると、子供はぷいっと別の方向を向き、頭に乗せてくれそうな人に向かって走っていく。

「同じ駅にいつもいる訳ではないんです。でも、大体同じ駅の範囲にいますよ。東池袋から大塚までの間です。だからあの子、都電に乗って移動してるんですよ」

南台さんは、その子をバシバシ君と呼んでいる。もう十年以上その周辺の駅にいるのだという。

裸足

以前、犀川《さいかわ》さんはとある路線のトンネル脇で工事をしていた。そのときの同僚に門司さんという人がいた。

夜間工事の最中、安全確認のために犀川さんと門司さんは二人で連れ立ってトンネルの中に足を踏み入れた。懐中電灯を提げて進んでいく。

不意に門司さんの電灯が描く光の円が震え始めた。

「どうした?」

「さ、寒いだけかな?」

門司さんは曖昧な返事を返してきた。寒い訳はない。もう夏だ。

安全確認が済んで詰め所に戻ると、門司さんは心底ほっとしたように息を吐いた。

「はー、怖かったー」

門司さんはまだ震えていた。

「トンネルで犀川さんに声掛けてもらったでしょ?　あのときは言えなかったんですよ」

話を聞くと、トンネルの中で懐中電灯を振った際に、白いものが見えた。電灯を戻してよく見ると、足首から下だけの裸足の足である。それは傷だらけで、所々血が滲んでいた。

その話を聞いてから一年が過ぎた。

犀川さんは進行管理として工事現場に入っていた。同じトンネルのすぐ脇の現場である。ある夜、担当の人が法面の急な階段を下りてきた。このような場合は、あえて雑談をして過ごすことになっている。書面になっているという訳ではないが、現場ではそうするのが決まりなのだ。

暫く雑談をしていると、担当者が思い出したように言った。

「そうだ、犀川さん、こっち来てみて」

「何すか？」

担当者が懐中電灯でトンネル脇の法面を照らし上げると、苔《こけ》の中に二本、平行の白い筋がスーッと上から下まで垂直に引かれていた。誰かが苔を引っ掻いた後で、コンクリの地が出てしまったまま、まだそこに苔が戻っていない。犀川さんにはそう見えた。

「何だと思う？」

担当者が訊ねた。

「この線ですか？　何ですかね」

「ほら、あっちのほうに少し行った所にさ、精神病院あるじゃない」

「ああ、ありますね」

「何年前だったかなぁ。三年くらい？　もっとか。前に女の人が逃げ出したことがあったんだよね。フェンスよじ登ってさ、そのまま滑って法面を指で引っ掻きながら落ちたんだな。そんで電車に吹っ飛ばされてお陀仏って訳」

犀川さんは、夜勤の真っ最中なのに嫌な話をする人だなと思ったが、仕事上、相槌を打ちながら話を聞いた。

「おいでおいで」

担当者はそう言うと目の前のトンネルに向かっていく。後を追っていくと、どんどんトンネルの奥へと入っていく。

現場から離れても良いものかと気になったが、そのまま付いていくと、トンネルの出口から十メートル辺りで立ち止まり、懐中電灯を天井に向けた。どす黒い痕が残っている。

「これね、そのときの血の痕。女の人の。これ取れないんだよ」

——まさか。

「その人さ、何も履かずに裸足でさ」

後日門司さんに確認すると、確かに裸足の足が立っていたのはその場所だったという。

思い出のボール

和田さんは小学生の頃、線路上に散らかった人の肉片を見たことがある。

一人遊びに出たときに、たまたまその現場に出くわしたのだ。

そして子供ながらに、見てはいけないものを見た、と思ったそうだ。


和田さんが成人してからの話だ。

徒歩で駅に向かう途中に、踏切があった。

ある日、下りた遮断機の前に立っていると、線路上にボールを見つけた。

子供用のゴムボールだろうか、鮮やかな赤色だった。

サイズはサッカーボールよりも少し大きい。

あんなものが線路上にあって、大丈夫なのかな。

気になったものの、自分と同じく電車が通過するのを待つあまたの人々は、誰一人動こうとしない。

ならば、安全なのか。

電車は去り遮断機が上がると、皆は一斉に横断を始めた。

撥ねられたのか、ボールはなくなっていた。

間もないある日、また線路にボールがあった。

それと、腕が落ちていた。

あっ。見たことがある。

子供の頃も、俺はそう思ったんだ。

赤いボールみたいだ。

手も足も首もちぎれてなくなると、転げてひしゃげた残りの胴体は赤いボールみたいになるんだ。

それだ。これはそれだ。

遮断機の前で〈赤いボール〉から目が離せないでいると、真横に立つ見知らぬ女性に肩を叩かれた。

「あんまり、見ないほうがいいですよ。凄く、良くない」

悪事を晒されたかのように和田さんは動揺し、あ、はい、と間が抜けた返事をした。

遮断機が上がると、皆は横断を始めた。

いつも通りの、すたすたと滞りない歩みが線路上にあった。

遮断機の男

　とある集落に単線のローカル線が走っている。その線路と幹線道が交差する場所には遮断機が付けられている。しかし、ごく狭い私道のような場所には遮断機は付けられていない。一時間に列車が一本通るか通らないかという地区である。歩行者はそのとき列車が来るか来ないかを目視で確認すれば十分なのだ。

しかし例外的に一本の狭い道には遮断機が付けられている。殆ど生活道としても使われていない幅二メートルほどの道なのだが、二十年ほど前に死亡事故があった関係で、遮断機が設置されているのだ。

　ここに事故に遭った男の幽霊が出る。

　警報機が鳴り始めると現れるのだ。遮断機が下りている間も男は道に立っている。列車が通過し、遮断機が上がり始めると、男はやおら黒と黄色に塗り分けられた遮断竿をがっしり掴む。

　男はそのまま空中に持ち上げられていき、人間鯉のぼりのようになって消える。

　地元では男の幽霊はあまり怖がられていない。

ガムテープ

都内で一人暮らしをしている黒川さんはいつも外泊をしている。遊び人の気はあるが、そもそも部屋に帰りたくないのだという。

なぜならば彼女の部屋は夜に不審な音がするからだ。

床下からゴンゴンと突き上げるような音がする。

大家さんや管理人に言っても、そこの下には配管すらないので、気のせいではないかと相手にしてくれる様子もなかった。


あるとき、黒川さんは飲み会で永山さんという男性と知り合った。帰りたくない黒川さんが事情を話すと、永山さんは興味を持ったようだった。

結局二人は黒川さんの部屋に連れ立っていった。

六畳間一つと三畳ばかりのキッチン。そしてトイレと風呂がある部屋だ。

二人は部屋呑みを始め、そのままいい雰囲気になった。

永山さんがシャワーを浴びに行こうとすると、途中でキッチンの床が〈ゴン、ゴン〉と音を立て始めた。

永山さんには、音を立てている者が視えていた。

一人の中年の男性がキッチンの中央で正座している。男は土下座でもするように、規則正しく床に頭を打ち付けている。

ゴン、ゴンという音がキッチンに響く。せっかく雰囲気が良くなってきたのに、うるさくて台無しだ。

永山さんはキッチンに置かれていた粘着テープを使ってぐるりと輪を作った。それを両面テープのようにして、くっつけくっつけと念じながら床に貼り付けた。

そこに土下座する中年男の頭が下りてきた。床に張り付いた粘着テープにぴったりとくっついた額は、そのまま持ち上がらなかった。

これでよし。永山さんはシャワーを浴びて出てきた。

「終わったよ。シャワー浴びてきなよ」

永山さんに促されてキッチンに入ってきた瞬間、黒川さんは声を上げた。

土下座したまま粘着テープで頭を床に固定された男が、彼女にも視えてしまったのだ。

黒川さんは、床に固定された男をそのままに、部屋を引き払ったという。

ネカフェ

「いつもそのネカフェでネトゲしていたんですよ」

当時、大学生で一人暮らしをしていた梅田さんのアパートは、ブロードバンドが引ける環境になかった。しかしネットゲームにハマっていた彼は、自転車で十分程のネットカフェに入り浸っていた。

頻繁に通っていると、店に顔なじみのアルバイトができる。中でも倉木というアルバイトは梅田さんを気に入っているようで、やたらと話しかけてきた。

最初は世間話だったが、次第に倉木は梅沢さんに変な話をするようになった。

曰く午前二時半過ぎに必ずＰＣがフリーズする個室がある。曰く給湯室にアルバイトの制服を着た幽霊が出る。最終的にどの話も怪談仕立てになるのだ。

彼は話を終えた後に、「マジ。これ絶対マジなんだって」と繰り返すのが常だった。

倉木は地元の出身で、大学生になってから引っ越してきた梅田さんと違って、近隣のことをよく知っている。このネカフェは以前はビデオレンタル屋だったが、もっと前は墓地で、変な噂は元々あるのだと言い出した。

梅田さんはホラー映画はどちらかといえば苦手なほうだったが、倉木の語る怪談は、そこまで恐ろしいものではなかったため、いつの間にか楽しく耳を傾けるまでになっていた。

ある日、梅田さんは倉木の姿を暫く見ていないと気付いた。

他の店員に訊くと、倉木は二週間前に突然アルバイトを辞めてしまったのだと言われた。

店側に辞めさせられたとか人間関係に問題があったという訳ではない。ただ突然電話をしてきて「今日から行けなくなりました」と言い残して辞めてしまったのだという。

あからさまに不自然なその行動に、梅田さんは倉木が最後に語った話を思い出した。

それは、ネカフェの十三番目の個室でずっとPCを使っていると、午前三時に液晶モニタの裏から坊主頭の白い顔が覗くという話である。

さらにそれを無視し続けてゲームをしていると、液晶の上から真っ白な手が伸びてきて、両目を奪われるらしいと倉木は続けた。

——馬鹿馬鹿しい。止めてくれよ。

梅田さんは、その話を聞いたときに、倉木に対してそう返した。

彼はいつも通りおどけた様子で、「マジ。これ絶対マジなんだって」と繰り返したが、彼の「マジ」がどの程度信用できるものかは、正直よく分からない。

だが、もしあの話が作り話や冗談ではなく、それが倉木が辞めた原因だとしたら——。

俄然興味が湧いてきた。

大学で工学を専門としている梅田さんは、オカルト関係は全く信じていなかった。正直に言えば倉木のことなどどうでも良かった。ただ倉木が辞めた原因がその怪異現象にあるのならば、自分でもそれを体験できるかもしれない。もし変なことが何も起きなければ、単に倉木に担がれたというだけの話である。

梅田さんは、次の晩に計画を遂行することにした。

日付が変わる少し前に入店し、店員に朝までのナイトパックを利用する旨を伝えた。

倉木に言われた通り、十三番目の個室を探すとすぐに見つかった。個室は十四部屋あるため、最後から二番目を選べば良い。普段なら絶対に行かない、トイレの脇の部屋だ。フリードリンクや本棚からも遠く、その一角はいつもがらんとしていた。

「奥のほうはアルバイトも近寄りたがらない。マジで」

倉木の言葉が思い出された。

個室に入ってＰＣの電源を入れ、ネットゲームを始めると、一時間二時間があっという間に過ぎた。途中でドリンクを取りに行くこと数度。問題の午前三時が近付いてくる。

ふうとため息を吐いて、目を休めるために一度瞼を閉じた。

再び目を開けると、真っ白でつるりとした顔に大きく見開いた黒目だけの顔が、液晶モニタの上からこちらを覗いていた。男とも女とも言えない顔だった。

叫び声を上げようとしたが、喉が詰まっていて声が出せない。

梅田さんは液晶モニタの上から現れた顔にジッと見据えられていた。

身動きが取れず、ただ坊主頭の黒く濡れた目を見つめ返すしかできない。次第に心臓が苦しくなってくる。額や背中に脂汗が浮かんできた。目が離せない。相手の年齢も表情も読めない。目を離した隙に何をやってくるか予想すらできなかった。

いつの間にか大きく開いた青白い掌が、液晶の裏から坊主頭の左右に万歳をするように生えてきた。それがゆらりゆらりとお辞儀をするように次第に角度を変えて、ゆっくりと顔のほうに近付いてくる。

顔を左右に振って拒絶しようとしたが、何故か固まったように動けない。目のすぐ前に白い指先があった。指先には指紋がなかった。

どんどん近付いてくる。指先が睫毛《まつげ》に触れた。触れた指先は酷く冷たかった。

梅田さんが驚いたのは、さらにその先だった。

視界がその指で塞がれた。次は瞼の内側が冷たくなった。冷たい指が、眼球の上側の表面を撫《な》でるようにしてさらに内側に入り込んでいった。

そこで梅田さんの意識は途切れた。

翌朝目覚めると、ナイトパックの時間は大分オーバーしていた。昨晩のことを思い出すと、まだ気持ちが悪い。早く店を出て、とにかく誰か友達の家に行きたかった。一人ではいたくない。梅田さんはリュックに荷物をまとめようとして異変に気付いた。

視界に黒い霧が掛かった部分がある。視界も歪《ゆが》んでいる。片目ずつ瞑って確かめるが、両目共に視野の一部が欠けていた。そこまで確認して昨晩の白い指先の冷たさを思い出し、梅田さんは身震いした。

受付で延長料金を払ってそのまま眼科に行った。検査の結果、網膜に浮腫ができており、それが視界を歪めていることが分かった。

その日以来、梅田さんの視力は落ちてゆき、今では両目とも殆ど見えない。

「倉木もたぶんこうなったんだと思います。僕は今、免許も取れないし、もう普通に本を読むのも無理。そのネカフェはたぶんまだ営業しているんじゃないかな」

梅田さんは白い杖を手に取って言った。

五百円玉

五百円玉を見ると思い出す。

この話をしてくれたのは、昔よく足を運んだ焼き鳥屋の常連で、かつて自由人だったという山本さんだ。自由人と言えば聞こえはいいが、詰まるところ浮浪者だ。

ある年の冬のことである。その頃、山本さんは池袋を根城に自由人をしていた。

早朝から、彼は自分の縄張りにある自販機のチェックをして回った。釣り銭返却口は当然として、引っかき棒で自販機の下を掻き出し、硬貨を見つけては拾い集めた。

都心でも冬の早朝は寒い。山本さんは日が昇る前から歩き続け、そうやって自販機のチェックをするのが日課になっていた。

息が白い。足先は痺れっぱなしだ。片足が不自由な山本さんは、ひょこひょこと歩きながら自分の巡回路を進んでいく。

だが途中で気が変わった。いつもは行かない辺りも見ておきたくなった。縄張りもあるが、まぁ良いだろう。恐らく先客が攫《さら》った後だ。実入りはないだろうが、勉強勉強。

そして池袋の東口から少し離れたところまで歩いていった。

するとある自販機の前で足が止まった。

ああ、ここだったか。

池袋の裏通りにある交差点に、自販機が並んでいる。その一台の前だった。

忘れもしない。山本さんには因縁のある自販機だった。

山本さんは、ここで自販機荒らしをしたことがある。変造硬貨を使って五百円玉を手に入れるという詐欺だ。仕事場の先輩が誘い、山本さんが乗っかった。

まだ山本さんが二十代後半のフリーターだった頃だ。

「七年経てば時効時効」

先輩のセリフが思い出された。山本さんはかぶりを振った。あれから十五年以上経っている。その間に色々あった。若い頃のやんちゃは、もう時効だ。思い出したくもない。

わずかの間、感傷に浸り、さて、行くかと思ったそのとき、背後でぺちぃっと金属がアスファルトに叩き付けられる音がした。

じゃりっ……ぺちいっ。

じゃりっ……ぺちいっ。

振り返ると、自販機を底上げしているコンクリートの間から、薄黄色い、不健康そうな細い腕が伸びていた。

枯れ木のような折れそうに細いその指先には、五百円玉が摘まれていた。

その手が何度も硬貨を拾い上げては叩き付ける。

山本さんは、それを見て恐怖を感じるよりも、憤りを感じた。

「こちとら、まだお化けに施されるほど、落ちぶれちゃいねえんだよっ」

自販機の下から伸びる手に向かって吐き捨てるようにそう言うと、自販機を通りすぎた。

強がりだ。五百円とはいえ喉から手が出る程、欲しい。

だが、こういう「おかしなもの」に出会って、命を落とした仲間の話も聞かされていた。

五百円っぽっちで命を売る訳にもいかない。「おかしなもの」に魅入られたら最後だ。

通勤ラッシュが始まろうとする頃、日中過ごす公園にたどり着いた。

日が出れば、暖が取れる。段ボールに包まれれば、凍死することはない。

昼間の間、山本さんは寝て過ごした。


翌朝、また山本さんは自販機の巡回を始めた。

昨日あんなことがあったので、今日は避けようと思っていたにも拘わらず、気付いたら何故か、件の自販機が並ぶ通りに出てしまった。

呼ばれたか。

また自販機の下から腕が伸びてきた。ぺちぃっと地面を叩くあの音が繰り返された。山本さんの視線は、その指先の硬貨に釘付けになった。

指が摘まんでいるのは五百円玉ではなかった。それは五百円玉に重さを合わせた五百ウォン変造硬貨だった。硬貨の表に幾つもの丸い窪みが穿たれていた。

じゃりっ……ぺちいっ。

あれは！

山本さんは逃げ出していた。ひょっこひょっこと足を引き摺りながら必死で逃げた。わずかながらの全財産を置いて、池袋から逃げ出した。

あの細い腕が追い掛けてくるような気がした。あの腕は、変わり果ててはいたが確かに先輩の腕だった。人差し指の付け根に並んだ根性焼きの痕に見覚えがあった。

池袋から逃げ出し、河岸を変えて新宿で何カ月か過ごした。その後、ボランティアの助けも借りて、何とか立ち直れたのだという。

話の最後に、山本さんは言った。

「卑怯かもしれないけどよ、もう俺ぁ死ぬまで池袋には行かないよ」

あとがき

今年も怪談の季節がやって参りました。皆様、いかがお過ごしでしょうか？

私はといえば、働いて働いて働いて、今こうやってあとがきを書いているこの時間もサラリー仕事の休憩中であったりします。

短い怪談をズダダダダダと繰り出す、この〈百式〉怪談本、相変わらずズダダってますね。私もズダズダとたくさん書きたかったのですが、本当に本当に多忙で、全然書けませんでした。高田が取材した話をもっと読みたかった、という方々には『恐怖箱　怪談恐山』をオススメします。もの凄く面白い、死ぬほど泣けた、狂うだけ笑えた、と評判の一冊です。一人五十冊くらい買っても損はしない、という太鼓判を今から押しますね。はい、押しました……。

いつもながら、私に怖い話を教えてくれた皆様、本当にありがとうございます。

おかげで、幾らかでも書けました。書けなかった話はまたの機会にでも書きます。

これからもどうぞよろしくです。

高田公太

先日、女子会と称した取材に行った帰りのこと。

夕飯時でもあるし食事をして帰ろう、という話になり、ネタ元・Mさんの運転で近くの某とんかつ屋チェーン店に向かった。

ナビに従って進むも一向に着く気配がない。

街灯もない寂しい道ばかりを示している。

それほど遅い時間でもないというのに通りには人っ子一人おらず、気のせいか町並みが酷く古ぼけて見えた。

まるで己が子供時代の商店街のような。

左折指示ばかりに痺れを切らしたMさんが、ナビを無視して右折。

すると、五分も経たず目的地に着いた。

後日、同じ道を辿ったところ、女子会をしたファミレスのすぐ近くに店は存在していた。

町並みも一変し、近代的なビルが立ち並んでいた。

あの日、私達の車はどこを走っていたのだろう。

とりあえず、日常に帰ってきました。

これからもよろしくお願いします。

ねこや堂

神沼三平太です。初めまして。またはお久しぶりです。

今年も百物語の季節が巡って参りました。五冊目の恐怖箱百物語シリーズ、通称〈百式〉となります。今年の本はどんな感じでしょうか。不思議な話、ほろっとくる話、例年よりもバラエティに富んだ話が収録されたように思います。

中でも個人的には、ここ五年ほどの間ずっと書く機会を窺っていた、一連の〈池袋怪談〉の一部を世に出すことができて感慨深く思っています。お話を預かってから、だいぶ経ってしまいました。ちょっとだけ肩の荷が下りたような気持ちです。

では最後にいつものように感謝の言葉を。

まずは体験談を預けて下さった体験者の皆様。

取材に協力して下さった皆様。編著監修の加藤さん。共著者の高田さんとねこや堂さん。

生暖かく見守ってくれる家族。そしてお手に取っていただいた読者の皆様に最大級の感謝を。

今年の夏は例年より暑いそうです。

それではお互い無事でしたら、またどこかで。

二〇一六年　七夕

神沼三平太

竹書房ホラー文庫、愛読者キャンペーン！

心霊怪談番組「怪談図書館's黄泉がたりDX」

*怪談朗読などの心霊怪談動画番組が無料で楽しめます！

*7月発売のホラー文庫3冊（「「超」怖い話 丙」「瞬殺怪談 刃」「恐怖箱 彼岸百物語」）をお買い上げいただくと番組「怪談図書館'S黄泉がたりDX-22」「怪談図書館'S黄泉がたりDX-23」「怪談図書館'S黄泉がたりDX-24」全てご覧いただけます。

*本書からは「怪談図書館's黄泉がたりDX-24」のみご覧いただけます。

*番組は期間限定で更新する予定です。

*携帯端末（携帯電話・スマートフォン・タブレット端末など）からの動画視聴には、パケット通信料が発生します。

パスワード
xmrbsd54

QRコードをスマホ、タブレットで読み込む方法

■上にあるQRコードを読み込むには、専用のアプリが必要です。機種によっては最初からインストールされているものもありますから、確認してみてください。

■お手持ちのスマホ、タブレットにQRコード読み取りアプリがなければ、i-Phone,i-Padは「App Store」から、Androidのスマホ、タブレットは「Google play」からインストールしてください。「QRコード」や「バーコード」などと検索すると多くの無料アプリが見つかります。アプリによってはQRコードの読み取りが上手くいかない場合がありますので、その場合はいくつか選んでインストールしてください。

■アプリを起動した際でも、カメラの撮影モードにならない機種がありますが、その場合は別に、QRコードを読み込むメニューがありますので、そちらをご利用ください。

■次に、画面内に大きな四角の枠が表示されます。その枠内に収まるようにQRコードを写してください。上手に読み込むコツは、枠内に大きめに収めることと、被写体QRコードとの距離を調整してピントを合わせることです。

■読み取れない場合は、QRコードが四角い枠からはみ出さないように、かつ大きめに、ピントを合わせて写してください。それと手ぶれも読み取りにくくなる原因ですので、なるべくスマホを動かさないようにしてください。

本書の実話怪談記事は、恐怖箱 彼岸百物語のために新たに取材されたものなどを中心に構成されています。快く取材に応じていただいた方々、体験談を提供していただいた方々に感謝の意を述べるとともに、本書の作成に関わられた関係者各位の無事をお祈り申し上げます。

恐怖箱 彼岸百物語

2016年8月5日　初版第1刷発行

編著　加藤 一
共著　高田公太 / ねこや堂 / 神沼三平太
総合監修　加藤 一
カバー　橋元浩明（sowhat.Inc）
発行人　後藤明信
発行所　株式会社　竹書房
〒102-0072　東京都千代田区飯田橋 2-7-3
電話 03-3264-1576（代表）
電話 03-3234-6208（編集）
http://www.takeshobo.co.jp
印刷所　中央精版印刷株式会社

定価はカバーに表示しています。
落丁・乱丁本は当社にてお取り替えいたします。

ISBN978-4-8019-0803-1 C0176